徐江

北师大诗群书系

张清华　主编

徐江的诗

The Poem of Xu Jiang

北京师范大学出版集团
BEIJING NORMAL UNIVERSITY PUBLISHING GROUP
北京师范大学出版社

最伟大的汉语现代诗，是与一种审慎的、对灵魂自由和文本天然属性的追逐紧密联系在一起的。

——徐江

童年照（摄于天津）

在天津旧街

在书房

在咖啡店谈诗

在西宁诗歌朗诵会上

在西宁参加新诗典活动

总序：关于"北师大诗群"

张清华

假如从胡适《尝试集》中最早的几首算起，2016年恰好是新诗诞生一百周年。一百年，中国新诗已从稚嫩的学步者，走到了多向而复杂的成年，水准和面貌的成熟与早年相比，早已不可同日而语。而且如果从胡适这里看，中国新诗诞生的摇篮不是别处，就在大学中。数一数"五四"时期其他几位重要的白话诗人，沈尹默、周作人、康白情、刘半农、俞平伯……几乎都是北京大学的教授。

算起来，北京师范大学与北京大学本亦属同源，1902年创立的京师大学堂师范馆，即北京师范大学的前身。京师大学堂最早成立于1898年的戊戌变法中，但两年后因八国联军入侵京城而关闭。 1902 年初战事平息，清廷下令恢复京师大学堂，且因急需用人而举办速成科，分仕学和师范两馆于 1902 年 10 月开始招生。 有此前缘，北京师范大学便可以当仁不让地认为，她本身也是新诗和新文学诞生的摇篮之一了。 而且还可以列出这些名字：梁启超、鲁迅、钱玄同、钟敬文、穆木天、沈从文、石评梅、郑敏、牛汉……在当代，还有一大批作家和诗人都是出自北京师范大学。 2012 年获得诺贝尔文学奖的莫言，也是北京师范大学的校友作家。 与他一个班的，还有余华、迟子建、严歌苓、刘震云、洪峰、毕淑敏、海男、刘毅然等一大批，就读于 1980 级本科的还有苏童，1982 级的则有陈染，干部班的还有刘恒，等等。

从这样一个角度看，尽管"北师大诗群"是一个相对封闭的小概念，但其历史格局与背景谱系不可以小觑——某种程度上它甚至可以看作新诗历史的一个缩微版。 鲁迅自 1920 年到 1926 年在北京师范大学任教达六年，1927 年由北新书局出版的《野草》均写于此间，其中收入的作品多曾发表于 1924—1926 年的《语丝》周刊。 而且从各方面看，如果我们不以狭隘之心看待"新诗"这一概念的话，那么说《野草》代表了这一时期新诗的最高成就，大约也不为过。因为很显然，以胡适为首的"白话新诗派"的作品确乎乏善可陈，在语言和形象方面都显得单纯和稚嫩，而郭沫若出版于 1921 年的《女神》，虽说真正确立了新诗的诞生，但从美学上还止步于以启蒙主义为基础的浪漫主义，而几年后的《野草》则真正抵达了以叔本华、尼采、克尔恺郭尔的思想为根基的存在主义，在语言上它也堪称创造出了一种真正现代的、象征与暗示的、多意而隐晦的语体。直到今天，它也还散发着迷人的魔力，以及解读不尽的晦暗意味，甚至它的"费解"也是这魔力的一部分。

因此，如果要真正编纂一套"北师大诗群书系"的话，鲁迅的书应该排在首位。只是因为《野草》的版本如此普及，我们才不得不放弃此举，但必须将之放入这一谱系的最前端，这套丛书才算有了"合法性"。

现代中国新诗的道路显然相对复杂，有无数的歧路与小径。但说到底，在 1925 年《微雨》出版——即以李金发为代表的"象征派"出现之前，在 1924 年始鲁迅的《野草》陆续发表之前，新诗基本还处于草创期，语言并不成熟，一套新的艺术思维也还未成形。之后新诗步入了一个建设期，简单看，我以为大抵有两条路径：一是以闻一多、徐志摩等为代表的留学英美的"新月派"，主要师承了英美浪漫主义的传统，这一派固然写得好，人气旺，讲究修辞和形式感、韵律和音乐性，但从艺术的质地与难度、含量与趋势看，似乎并不能真正代表新诗的前景与方向；二是颇遭质疑的"象征派"，以及稍后至 20 世纪 30 年代初涌现的以戴望舒、艾青等为代表的"现代派"则表现了更为强烈的冲击力与陌生感，其普遍运用的隐喻与象征、感觉与暗示的手段，以及在诗意上的沉潜与复杂，都更准确地体现了现代诗的要求，因此也就更代表了新诗发展的前景。

从这个意义上说，鲁迅所开辟的诗歌写作传统或许才是真正"正宗"的。虽然很久以来，人们将其当作"散文诗"，狭隘和矮化了它的意义，但是从大的方向看，鲁迅的诗更接近于一种"真正的现代诗"，其所包含的思想、思维方式和美学意味更能显示出新诗的未来前景。换言之，鲁迅所开创的新诗的写法，对于新文学和新诗的贡献是最重要的。从这个方向看，穆木天的重要性也同样得以凸显，他出版于 1923 年的第一本诗集《旅心》，也因为初步包含了一些象征的因素，而在创造社的浪漫主义派别中具有了一些特立独行的意味。当然，那时穆木天与北京师范大学之间尚未有什么交集。之后在 20 世纪40 年代赫然鹊起的"九叶"之一郑敏也一样，她作为诗人诞生于西南联大的校园，昆明近郊的稻田边，与北京师范大学的距离也还显得过于遥邈；而远在西北，就读于抗战时期西北联大的牛汉，那时在诗歌写作上还远未真正显露头角……种种迹象表明，在鲁迅之后，北京师范大学这座校园与新诗之间的联系似乎不够紧密。

如此说来，"北师大诗群"这样一个概念也就在"历史客观性"上面临着检验。一方面，她有着足以令人钦服的鲁迅传统，同时又似乎在很多年中略显沉寂和寥落。另一方面，20 世纪五六十年代之后长期执教于北京师范大学的穆木天与郑敏，主要的写作和影响时期也不在此间。此间出现的一些写作者似乎又不能在整个诗歌史中具有代表性。因此，假如我们硬要赋予这一概念一些"底气"的话，那么将这段历史当作一种漫长的前史、一种久远的酝酿，或许是更为得体和合适的。

但当时光飞到20世纪80年代之后，北师大人就再也没有错过时代的机缘。1978年以后，牛汉的《半棵树》《华南虎》等作品都引发了巨大的反响，而执教师大且再度浮出的郑敏也在随后被命名的"九叶诗人"群中显现了最为旺盛的持续创造力；20世纪80年代后期开始，任洪渊也开始发力，他创造了一种具有"现代玄学"意味的诗体，同时以特有的思想煽惑力，为一批喜爱诗歌写作的学生提供了兴趣成长的机遇；之后同在北师大任教的蓝棣之也作为诗歌研究家，以鲜明的风格影响了校园的诗歌氛围。因了这些具体的影响，当然更多还是出于这一年代的大势，1984级和1985级中出现了前所未有的诗歌写作热，涌现出了宋小贤、伊沙、徐江、侯马、桑克等一批诗人。 这批人在 20 世纪 90 年代迅速成长起来，成为当代诗坛的一支新军。 尤其以伊沙为代表，他在 1992—1993 年的两期《非非》上刊出的《历史写不出的我写》《中指朝天》两组诗，堪称惊雷般振聋发聩的作品，对这个年代的文化氛围造成了犀利的冲击和颠覆、戏谑和解构的效果。由此出发，"北师大诗群"这一概念似乎渐渐生成了一个雏形。

迄今为止，在当代中国的诗歌生态中，假如说存在着一个有机的"解构主义写作"的派系的话，那么其肇始者应该是 20 世纪 80 年代中期的韩东和于坚。 但他们此期的作品，其解构效能基本上还处在观念阶段，语言层面上的解构性还未真正生成。 无论是韩东的《有关大雁塔》《你见过大海》还是于坚的《尚义街六号》、李亚伟的《中文系》，这些作品虽已高度经典化，但细审之，还远未在文本层面上形成真正的戏谑性。 只有到了伊沙的《梅花：一首失败的抒情诗》《事实上》《车过黄河》《结结巴巴》《诺贝尔奖：永恒的答谢辞》一类作品出现，在诗歌写作的主题与话语类型上、在词语与美学上，才产生出真正的解构力量。这种冲击在文化上引申出来的精神意义与美学势能成为所谓"口语派"或"民间写作"在1999年"盘峰诗会"上提出的依据及底气。没有这种写作背后的文化精神，以及在美学上强有力的颠覆性，单纯在风格学上强调口语，显然是没有多少意义的。

而这也就是在世纪之交新的一波诗人得以出现的因由，在沈浩波们那里，这种前所未有的解构性写作被经验主义地进行了发挥，"下半身"美学诞生了。但问题是，破坏力的持续发酵失去了文化或美学上内在的理由。如果说人们从早期伊沙的诗中可以读出美学的激愤和文化的合理性的话，那么在"下半身"运动中，这种文化的合理性似乎打了折扣，并因此而遭到了更多质疑。但是，从历史长河来看，沈浩波们所发起的破坏性的极端写作成全了"北师大诗群"在文化精神与美学取向上的一种连贯性，以及"奇怪的针对性"——他们仿佛是专门为"北师大诗群"而生的。在北大的文化产床上诞生了海子、西川、骆一禾、臧棣……那么在北师大的摇篮里就势必要生长出伊沙、徐江、侯马、沈浩波……这似乎是冥冥中的一种逻辑，一种天然的对应关系。

　　或许我可以用布鲁姆的"影响的焦虑"来解释这种现象的由来，因为某种对于优势的反对冲动，导致"北师大诗群"出现了某种奇怪的"集体无意识"。 这种推论当然是个人的猜测性解释，缺乏学理上的依据。 假如我们不用这样一种逻辑来设定，从另一个完全自足的角度来理解的话，那么"北师大诗群"的风格当然地应该是丰富和多面的。 稍早于沈浩波的朵渔，还有与伊沙同期的桑克、宋小贤等，都可谓有自己独有的立场，晚近因为读博士而进入北师大的吕约，则更像是特立独行的个体。

　　其实，值得一说的还有批评和研究方面，假如果真存在一个"北师大诗群"的话，那么批评和研究也理所当然是其有机的部分。 如前所述，北师大的批评传统前有鲁迅、钱玄同、钟敬文、李长之、黄药眠、童庆炳等先贤，中间则有任洪渊、蓝棣之在诗歌研究中的接力，再之后则有一批在诗学和批评界耕耘的中青年，这个阵容在中国所有的大学校园中也堪称独秀了。

至此，关于"北师大诗群"的话题似乎可以落定了。虽然作为后学和外来者，我并无资格在这里谈论历史和现今，但借了北师大国际写作中心成立之机，整理师大文学传统、开展校友作家研究，变成了一份置身其间者难以推卸的责任。秉此大意，我不得不勉为其难，做些事务性的工作，来设法梳理和"包装"一下由众多北京师范大学先贤所开创、由许多同代和同人所传承的诗歌脉系。

　　这便是该套"北师大诗群书系"诞生的缘由，虽说文章乃天下公器，无论是以个人、群体还是"单位"来窄化其意义都不足取，但以文化传承和流派共生的角度看，又是其来有自、有案可循的。况且，历史上很多流派和概念都是后人重新命名的，像"九叶诗人""朦胧诗派"都是先有创作后有名号的。即便"北师大诗群"不能算是一个严格意义上的流派，但在大学文化和脉系传承的意义上也算是一种有意义的集合。

　　我不想在这里全面地阐述这一诗群的文化及美学含义，自知力不能及。但假如稍加审度似也不难发现，由鲁迅作为源头的这一脉系，确有着创造与发现、突破与颠覆的精神暗线；在语言上，早先的隐晦与暗示，中间的玄学与转喻，还有后来的直白与冒犯，竟然可以构成奇怪的交叉与换位，且有着若隐若现、似有似无的传递关系，但同时，更为丰富的构造和自我分化也更体现了兼容并包的大学精神。且不论怎么变，他们在文化上天然的先锋与反抗、探求而崇尚自由真理的内在精神，似乎永远是一脉相系、绵绵不绝的。

这便是它存在的理由和需要重新梳理的意义。薪火相传，我们审视百年新诗的演变，也许它还可以提供一个范例、一个缩影。

"北师大诗群书系"的第一辑中，我们所选的四位诗人是穆木天、牛汉、郑敏、任洪渊。他们与北师大的交集有先有后，在新诗史上的地位也有差别，但之所以将他们作为第一辑推出，是因为首先要使这一概念"合法化"。虽然按成就、地位，他们谁都难以和鲁迅比肩，在北师大的名望和"资历"也同样如此，所以单立一辑的应该是鲁迅而不是别人，但因《野草》读者随处都是，遂不需重新编辑出版。从几位的年龄上说，生于 1900 年的穆木天早在 1971 年便已辞世；晚其一辈，生于 1923 年的牛汉则在 2013 年过世；稍长牛汉，于 1920 年出生的郑敏，如今仍健在，成为百年诗坛的又一见证人；至于 1937 年出生的任洪渊，又比牛汉小了十几岁，出于技术考虑，单列亦难，不得不将他放入第一辑。

因此，简单化处理或许是有理由的。不管怎么说，穆木天、郑敏、任洪渊三位都有在北师大执教数十年的履历，由他们组成第一辑，可为众多的后来者奠定脉系的根基。基于此，我们在第二辑中，拟将成长于 20 世纪 80 年代校园的伊沙、宋小贤、桑克、侯马、徐江置于一起，构成中间一代的景观。第三辑则仍呈现一个开放性的阵容，拟以更为晚近走出的朵渔、沈浩波、吕约等组成。同时，假如可能，我们还打算将活跃于当代诗学研究与诗歌批评领域的一批师大同人，如李怡、张柠、陈太胜等算作第四辑，将他们的理论批评文字也予以集中展示。另外，更重要的是，自 2015 年起，师大相继调入了著名诗人欧阳江河和西川，他们在诗歌写作和诗学建树方面均有广泛影响，他们长期服务于北师大，自然也应视为师大诗群的重要组成部分。因此，在适当时机，我们还要将他们也一起收纳进来。如此，几代人构成的谱系、创作与批评互补的格局，便大致可以显现出一个轮廓。

下决心写短序，但还是拉杂至此。这些话其实本应由北师大德尊望重的长辈，或者学养修为更高的同人来说，只是因为我冒昧充当了"北师大校友作家研究校级重大课题"的责任人，才不得不滥竽充数，写下如上文字。从研究者的私心说，希望借此机遇，将"北师大诗群"一说坐实，至少能够提供一个为研究者参考、为读者评说的读本，当然，如能引数十万计的北师大校友自豪，增益其认同之感，更足以欣慰了。唯望这个谱系的勾画是大致符合历史的，如有重要遗漏，那么罪责亦将无以推卸。

惶恐之至，谨以为序。

2016 年 1 月 22 日于北京师范大学

目 录

好妈妈，老妈妈

这般的时辰　黄昏已经到来
这般的时辰　道路已经堵塞
紧贴窗玻璃冰凉的面颊
我知道母亲正涉过人流向家走来

呵　老妈妈　天已经转暗
呵　老妈妈　我们为何不见你的归来
祖父母在屋内恹恹欲睡
父亲与弟妹谛听门扉
炉火把红光慷慨赠送

呵　老妈妈　我们为何还不见你的归来

一辆辆街车飞驰

紧贴窗玻璃

我们的鼻子微微振动

雨开始下

要是你死了怎么办

好妈妈

要是你死了怎么办

呵　老妈妈　天已经全暗

呵　老妈妈　我们怎不见你的归来

长辈们静候屋内　他们想些什么

安详如我们　数过多遍的饭桌杯盘

弟、妹的歌声流淌到远方

老妈妈　莫不是灾祸降临　你已不在

人头涌动　斜雨飘飘

好妈妈　你发觉自己被车辆碰倒

4

你紧闭双目　承受宁寂

儿女自远方奔来　然后肃立号啕

呵　我们年轻的好妈妈　老妈妈

莫非你真要将我们伸出的小手甩开

紧接着　门扉敞开　脚步凌乱

我们的老妈妈站在面前

她说她顺路去了某某家

她说谁谁问候父亲　请他择日盘桓

她侧身对发呆的孩子笑笑

弯腰替他们擦干双眼

呵　我们的好妈妈　你回来了　我们多高兴

请原谅我们孩童瞬间的谬想

在与魔鬼相搏时　我们胜了

我们保护了自己的母亲　尽管她不知道

那一刻　我们在想我们的好妈妈不能死

她不能死　要是她死了　我们可怎么办

（1989 年）

这一年

这一年　我走到南方

阳光灿灿

青草挺立它楼群般的渴望

我听到

"台风将至"

卡拉扬死了

那是在萨尔茨堡

傍晚，一盏路灯中止了喘息

天空将它的双唇紧闭

风和麦田

像回光返照的老人

背着手踱来踱去

这一年　我在南方住下

热风赶着马匹

窗前经过

我听到

"台风将至"

卡拉扬死了

那是少有的闲适

那是奥地利

一只手在轻抚大师的棺椁

没有人觉察

空气里一丝甜意消散

这一年

这一年　我停留于南方

我梦见了我亲爱的大师

（1989 年）

我
为
远
处
的
景
物
伤
心

我为远处的景物伤心。

它们

为什么停在原处,

而不走近来

与我交谈?

那铁轨的边缘

油污或瘴气,

它们在那里等谁?

看哪,傍晚来临

它们多么安静!

沐浴在

收获的阳光下，

最后乖乖地

走进夜中……

（1989 年）

窃贼

我选定一个黄昏

潜入家门

以便不被他们瞧见

我从异地归来

靠着厨房角落

我坐下来享受

瞬间的美妙

边盘算该偷些什么

后来我睡去

岑寂中被哭声唤醒

我看见童年的我泪流满面

用小手擦抹窗上的雾气

窗子越干净

外面的雾越深

我记起了此行的目的

对　我偷

他的哭声

（1989 年）

画像

我反复唱起那首歌

驱赶胸中的凉意

过路人

你们惊讶吗

看这个愁容满面的人

走在你们身旁

我无法不唱歌啊

过路人

你看那棵树

现在它光秃秃

上面的三只鸟　你走近它们也不飞

那本是枯叶变成

我衣衫褴褛

怎能不唱歌取暖

我无法不唱歌啊
过路人
歌手们都已死去
那绿色的旋律如今存留我心中
我要把它教给众人

我岂能不唱它呢
周围这般喧闹
冷风又吹个不停
我虽然一瘸一拐地走着
我虽然浑身抖个不停
但我要反复唱起一首歌
过路人呵
现在是子夜时分

（1989 年）

雨
天

雨天。 可怜的动物们都跑回家去。 鸟、昆虫,还有
人什么的。 那些花草无家可归,只好撑着伞在原地
等着。

但愿它们等的时间别太久了。

(1989 年)

把我的诗译成中文

我把我的诗译成中文

一首首

一排排汉字

记在一页页纸上

它们在本中沉睡

双手合十

就仿佛夜晚时分的我

进入浩瀚的星空

我的诗不听我的将令

它们自说自话

还反过来逼我

把它们与心灵

一道译成中文

这是太难的事

我必须量体裁衣

面对冥冥中那么多读者的耳膜

放大或调小音量

我走进花园

有时替那些草木们庆幸

它们只是向着太阳

而无须说出

一只胖胖的虫或鸟

将歌声覆到它们头上

诗人做不到

在一个式微的时代

他与自己的心灵搏斗

竭力让激情和理智

合上原初的节拍

有时诗歌从他的笔端长出

而后各行其是

一个个潜入永恒的暗夜

（1995 年）

关于青春

我在想　我正在写

你们认为落伍的一首诗

有关叶子从四季的某个角落

旋转着

落下

然后潮湿地

贴在马路上

有关

你们遗落的恋人及人生

第一次对窘境 第二次……

我写着 有时自己
把前边的一页翻过来 看看
连自己都惊讶——我记得那么真切
那些 你们认为不存在的东西
又朝气蓬勃 站在了纸上
关于飞鸟
蝉鸣
郊外校园草丛里的露水
黄昏时分 操场上入球的欢呼
我重新写出来

今夏的每一个夜晚
我家的窗外都传来青蛙
响亮的叫声 还有壁虎
趴在纱窗上吞食蚊子
白肚皮一动一动地 有些吓人
妻子对我说："该赶走它们。"

我说算了　留着吃蚊子吧
现在我想的　正是这件事

关于青春
你们总不停地去赶它们
而我则把那些留下来
去吃今天的大队蚊子

(1995 年)

猪泪

听过猪叫，见过猪跑
也吃肉，我没有见过
猪泪

一周前，在四号路市场
看见卖熟食的桌案上
有什么东西闪光
走近才知道，一个猪头
眼眶下有两道冰痕

它们透明着

一点不像冻住的泪水

也怪，熟得发白的猪脸

冰痕像泪水流淌

那时路灯

天哪，路灯是那么暗

甚至比不上

一瞥间我头顶的星星

夜晚，我看见猪泪流淌

而我不是

一个素食主义者

那一瞬，我走了过去

我想

也许有什么出了错

(1996 年)

雁雀

童年时，我每每沉于
孤寂。 有时
那种无言的抑郁
（你们知道的）
会袭来，抽打着
　　阳光下
我的嬉戏，玩偶，以及
水洼中漂浮的
一两片枯黄的，树的幼叶。

有时，就在那种抑郁
那种抽噎的感觉
来过，又隐去的时候
我坐在教室里

面向黑板，有一点儿神不守舍。
没人注意我
我悄悄侧头，望着窗外：辉煌的
下午阳光中，麻雀在窗台跳
　　有一两次
白云浮动的蓝天上
一排大雁飞过去。

它们呈"人"字形，就像人们
在书中描写的一样。
呵，一模一样
我枯坐在
这个美好世界，属于我的
那份抑郁忧伤中。

后来，这一切，都没有浪费
麻雀在窗台
　　大雁在天上
　　　　　消失了。

它们成为我，几乎是唯一的
活在沮丧时日的，勇气源泉。
你有时觉察不到它们
直到有一天，在街上
一处红灯前
停住自行车，看着秋冬之际
树叶缤纷，飞过眼前
在潮湿的地面翻滚，深色的傍晚来临
手在冰凉的车把上
摸到泪的感觉。

我是多么留恋，少年抑郁中
那一次次被迫记下的
残忍的下午
它尚含希望的夕光呵。
现在我写它们
带着那种抑郁。 啊，你们知道的。

（1996 年）

纯

诗

得把你自己赶开

越远越好

然后羊会回来

低下头，静静吃草

它只吃嫩的，完了便走开——

有时赶巧了

会抬头发一声"咩"

眼里是你心疼的泪水

我们在草场上逡巡

拿着本，数花一般的蹄印，讨论

羊走远了

那一刻黄昏真美

（1996 年）

星子

遥远的希望呵

遥远的瞬息万变的　心灵

在水泥浇铸的世界　我们将你企盼

远空——洁净的所在

战争　饥荒　爱情

皆已沉落　唯有

寒冷夜风中传来你明澈坚实的光亮

(1997 年)

第二辑

世　界

冬
雨

在消沉的为生计繁忙、困惑的时光里

就这么迎来了你——季候的变迁

一场落叶，一场雨

一场氤氲中深藏的寒意

和昏黄的、激发人无限惆怅的阴霾

走在微湿的枯叶洒满的草地

我体验着失落已久的

那种沉浸于孤单、缄默的甜美

冬雨，散布于天地间的潮湿气息

令我忆起少年时迷醉的一首歌曲

那迷醉之后　我经历了多少光阴的打磨呵
就像这脚下
微湿着在步履催促下翻滚、喘息的树叶
我尽力地，去履行这个民族文字上的使命
小心地
不让时代的微尘打扰和阻碍

冬雨，冬雨过后　黄昏翩然来到
我沉浸在美好世界的昏暗中
感受这微凉时节所带来的
往日回忆的温暖

（1997 年）

约翰·丹佛

那男人死了

直升机直坠入海，

鲨鱼们追逐碎片　追了一夜

我不太懂力学，

有关坠落与浮起………

当电视呈现滴水的残骸时

我在想：那个用声音终年忙碌的男人

此刻如何在寒冷的海水中小憩？

我也不太懂一个歌手理想中的死：

在倾覆的那一刻，天与地逆转

依旧是黑暗，但多么浩瀚

飓风与云层之上

内心的群星是否照常闪烁？

我听历了这一时代，太多死亡的音讯

唯有这一次

令我惊讶中略带幸福地忆起

夕光中王府井初秋的诱人

一盘制作简陋的磁带，一首《感谢

上帝，我是个乡下孩子》……

如此，我一点点进入美

进入北京与诗歌，古老都城肃穆沉思的庄严

我吮吸了异域的敏感，写出

被我同时代人忽略的

我想，那遥远的乡谣歌手，定会对此表示赞同

十年，在更漫长于我写作的这十年以外的岁月
我听过暗夜里调频传来的他低低的歌声
我在歌声中睡去
然后费力地，一天天、一句句
唱出自己的歌

人总是要死的，
可不该太突然
那男人死了
装殓他的，是天空和海洋
理应如此！

他曾用爱和美来反抗一切
这洁净的葬礼，勉强配得上他
直升机直坠入海，鲨鱼们两手
空空，忙了一夜。

（1998 年）

『再写一首』的诗

"干吗不再写一首?"
有时
我会突然这样
问桌前的自己
很悲哀的样子
内心里充满
对窗外隆冬景物的敬意。

我不知道
究竟为什么

不能再写，一首

哪怕

多写一首？

哪怕是关于一个极细微的感受。

我想我真的不懂写诗，就像

我不懂生活和幸福。

一次噩梦醒来　我提笔写下

"爱"，

美梦之后　我只能

溢满泪水，陷入

长久的静默。

谁对我述说真理呢

为我，将通往永恒的路途打通？

我只能

试探着往前走，

同时提醒自己"别走错路"

我不知道

别人是否和我想的相仿。

我小时候
总喜欢看
冬天下学时的太阳，
暖暖的
红红的——
仿佛那儿是我的家，有我的
兄弟……

或许，这就是诗？

（1998 年）

住校诗人

我当过

住校诗人

不　不是

老美那种

侃侃而谈

在宿舍烟雾和噪声里

把杯中白酒和劣质咖啡

送入腹中　我和朋友们

迈出成长的第一步

打工　被训斥

接受生活

对我等的流放

寂静中听一支曲子

落泪到天明

我当过那种流浪者一样

住在校园里的诗人

那恐怕是我青春里

最好的岁月

我在饥饿中寻求

这个国度最好的诗句

别人也一样

我们蹚开杂草

把种子播下去

后来

你看到了

我幸福地在这些纸里

左冲右突

我当过那种不拿工资的
住校诗人

所有对于虚妄生活的反抗
以及对美的坚定
也都是从那时开始的

（1998 年）

雾

雾里的脚步有点像电影里军队开进小城

雾里也有诗的遗骸：有关牛在湿漉漉的原野上走，以及一些雷同和另类的爱情

雾在你的自行车座上滴了几滴露水

雾里有鸡叫，有肃杀，有外省城市早晨短暂的沉默，有坏心情

雾让一些模糊的事情日渐清晰起来，比如，小时候一次罚站，足球场上的一次漏判，国家在街角处扮过的几个鬼脸

雾没有声带，没有手机，雾大起来

雾把窗帘后我孤独的脸遮没，朋友，你只听到了我放松、平常的声音

如果这时你想哭，但你还是不要哭

因为雾在这片土地上，会散的

（1999 年）

世界

你问我　世界是什么
我说　是小时候
是雨
是哭泣
是你吻过后的一脸茫然

谁都有过靠近花丛的梦境
谁都曾　一脸幸福地傻笑
走在街上
你忘了　我也忘了

救火车擦肩而过
歹徒们就坐在对面的麦当劳
对扳机做最后的检查

每一天　我们糟蹋着爱
埋葬友情
每一天　我们碾压青春
我们买着那些书报
在人间最微小的一隅
狂妄地谈事情的终止与发生

你问我　世界是什么
是不是被做成了面条的麦子
是不是被垒成监狱的砖
是不是化为母乳的两尾鱼
是不是　已变作相片的父母双亲

我瑟瑟抖着
楼影悄悄地

盖住了四分之三的草地
我记起这些年已很少再见到
夜晚的长庚星

我瞎了
你也瞎了
而世界是盏不朽的明灯

（1999 年）

美丽人生

美丽的黄昏呀

美丽的雨后道路上映现的夕阳

美丽的远去的轿车尾灯

美丽的树影　日益深下去的绿

美丽的听起来、闻起来是那么诱人的

　妻子炒菜的声音、气息

美丽的灰头土脸的天津

美丽的波澜壮阔　诗歌与人生

美丽的纸笔

天黑了

如果有自由

这一切仍是美的

（1999 年）

我的卡通年代

鼹鼠的故事

我喜欢那个一惊一乍的小哑巴。

喜欢它婴儿一样挥手告别的样子。

它高喊着：Hello，Hello！一辆辆山一样高大的巨车从它面前呼啸过去。凶狠而坚硬。

然后剩下肉肉的小鼹鼠在后面孤零零地走。那时你听到它轻轻感叹了一声："呀——！"

你们谁记住了那声叹息?

阿历克斯

又一只不会说话的老鼠。

它在干什么?　自鸣得意地抽烟斗；牵着小猫车散步；或者在不远的电话亭给自己家打电话，然后飞跑着去接……

不会说话的捷克老鼠让人感觉到电视里的世界是安详的，无论艳阳普照，还是白雪皑皑。

为什么非要不出声音你才能感到美好?
还有安全?

巴巴爸爸

这些多变的怪物是从哪儿跑出来的，来干吗?
莫非仅仅是为了嘲弄：我们这个世界的所有发明，真是那么处心积虑而又平淡无奇。

巴巴苏哭了。 有时是巴巴拉拉。

能变成一只竖琴干嘛还哭呢？ 要不，干脆变成一列胖火车算了。

庞大的巴巴爸爸在那里慈祥地保护它们呢！

想起来了：我们从未有过那么一位慈祥的爸爸。

（2000 年）

移动电话逸事

只是想提醒你

别忘了按时打电话

关于母亲节

关于情人

关于毒品

关于遗产和股票

关于枪

关于现金

关于密谋

关于冰箱

关于半仙的预言

关于一次噩梦

关于你给她念过的一首诗

关于火车进站

关于河水远去

关于少年血

关于装修队

别忘了到点谈谈它们

否则移动电话在世界各地中转站

能保留 48 小时原声的录音机磁带

会白白空转了呵

(2001 年)

想象 (Imagine)

想象没有天堂

如果你试的话　这会很容易

想象他们没丢掉一切

初衷　坚信　新鲜

在这个夏天或那个春天之前

想象美好时光从不趋于微暗

我一直在你里面

想象小熊微笑

海豚在深海依偎母亲

想象铁匠学会打造镣铐的那个雨天

想象杯子

清澈与肮脏　一念之间

想象地狱

尽管它在你心里没有　但想想

想想审判铃突起的某个瞬间

拿掉所有合唱里的高音

擦掉每一只镜片上的水渍

浑浊的泪让我们干净

我也说这从不是孤立无援

举手投足　时空浩瀚

你可以选择不加入这个行列

如果试　这会很容易

但你心底的哭泣　我能听见
它和我的并无不同
所以我说还是相信想象吧

相信夜幕下奔跑的善良
因为完美的世界终会出现在你我眼前

（2001 年）

迟写的可能

全世界百分之七十的玩具是中国制造的

（童心哪儿去了）

全世界百分之四十的手表是中国制造的

（生活被谁占据）

全世界百分之六十的鞋是中国制造的

（身体的百分之六十走在阴影里）

还有百分之七十的低档箱包

（装汗渍衣服或蓝领的灵魂）

百分之三十的电视机
（都在每晚 19：00 收听国家的声音吗）

百分之十的冰箱和空调
（把爱冻住）

产量全球第一的钢铁水泥化肥和煤
（浇铸、杀死、焚毁）

经商的老同学几年前跟我聊到这些
（他感慨"可怕的速度"）

当时觉得他还忘掉了什么
（为这个我发愁了三四年）

——是十三亿人吧
（每天那么多的扭曲和凋谢故事）

世界的可能，你我有生之年的可能，熊猫的可能

（蓝星球你活着吗，在梦里他们鼓励你转下去）

"Out"

（别忘了走时关机，拔插头）

（2002 年）

鹧鸪天

或者是，漫天蔽日的鹧鸪。

鸟在天上。

从鸟群的缝隙里，有日光射下来，照在树冠、车顶、湖水还有行人的鞋上。

或者是，鸟昂首仰看天。

湖光山色。

鸟的声音岑寂了。 静寂中四处都是鸟，微弱而有力的心跳。

我写着。

不同的世界纷至沓来。

（2002 年）

菩萨蛮

菩萨能蛮成什么样子？

大概就是我这个样子吧。

(2002 年)

第三辑

生生长流

常识课

偶然的

你会无数次路过它们

那些空置的　假期中的教室

惊讶它的小

像旧日惊讶它的大

阳光那么一点点从窗外射进来

雨丝那么一星星溅在脸上　胸前

屋子记得它的孤独

曾经是嘈杂的

桎梏的　残酷的

裹紧秋冬的风衣
把烟蒂泯灭在水泥地
这些琐碎的举动显示
你在自造的温暖中
从迷惘向着迷惘游移

那些显微镜的切片在讲台上浮现了
然后隐去　那些解剖中的青蛙
在托盘上挣扎　然后隐去
灰尘在幻象中舞蹈　身后的孩子忽然一个屁
把其他孩子的笑声勾出来　然后隐去

还有那挂图
叶绿素　光谱　简单的构成指示
行星　都会浮现　都会隐匿
女教师清脆的声音讲述原理　同时
为我们捂住　擦拭谬误所应负的血腥

原谅她吧　她是无意的
男的也是无意的　广播报纸是有意的
就像后来电视是有意的
但起初的遮掩确实让你鼓起继续摸索的勇气
而不至于回去

凄凉中温婉的迷惘啊
你当然还想说它的另一部分　在那些常识
被发现之前是多么的黑暗
无尽的错误　围着篝火裸舞
在它们日后被迫隐匿进傲慢与偏见之前

（2002 年）

风

风静下来的时候是写它的最佳时刻

这样我不用再担忧树的颤抖给我施加的影响

想象着你的头发
风从我们紧握的手指间撬开缝　钻过去

风在对面街上像个孩子大笑着

人们为什么说到风的神秘还压低声音

你的心随它的鼓噪狂跳过吗

大大小小的事件　它看到　它穿过

风的手指在每一家每一街的窗玻璃上徘徊
把什么一路敲开　再把什么一路关上

风从飞机的涡轮从厕所的窗口钻进钻出

风把沙场上每只衣领每个出声的活物检查了个遍
有时痛苦地看着你们安逸地梦见草莓

风吹着改朝换代的案发现场　坐在看台上看了半场世
界杯

风与我们的行进和每一步的血迹有何关联
风吹起了恩里克·伊格莱西亚斯舞台上的性欲

把一些吹散，打乱，弄得乒乓作响，赶进历史诗歌和

图书馆

电闪雷鸣的时候夸张着上天的震怒
然后吹一口气让大地明净 情侣温存

我听到风重重叠叠在那些佛龛、报头、屏幕上跳

风掠夺我们残存的想象
被那只看不见的手所握的遥控器

我想知道这一切是不是有意安排

我想确认这一切原本属于我们

(2002 年)

脏
手

在成长中脏手扮演什么

把最初的尿液、细菌吃进去
最初的恶心

肉的脏手　瘦了的脏手　青筋暴突的脏手……

洗白的　被烧成灰的　画上油彩拼组的　照片上的光
与影
脏手

手的影子多像鸟啊

你们发现

让它们在墙上飞

但不敢说

这是一只脏鸟在飞

脏手在理想里飞

纯净

飞

像一只疯狂的手套

在黄昏和过街桥滴下阴影

穿上多少身暗夜　　"它"才会变成"它们"

写下喑哑的灰

"你们"

（2002 年）

与自然

总有什么是无法忽略的

比如

石头

比如

灌木

比如

飞机头顶的无限里

渗出一汪橘红

风照旧飞着

孽照旧产生着

或者福音

码头苔藓被绿水冲刷

大麦被旱情烤得焦黄

熊生着闷气

走向密林深处

竹子在成为笛箫之前

做最后的摇曳

挽歌虚假

颂诗虚假

在虚假的意识密林

它们是唯一的真实

无尽的自然呵

虽然一次次

要被黏稠的血糊住

被水泥覆盖

但我们谁都看到了草的浩大

睡梦在妥协

大地突然

为之一裂

（2002 年）

永劫

白毛巾擦
地上的血
这样的事
肯定有的

鞭打已毕
受刑者回到牢房
正午的昏迷
不只属于电影

基督赴死

布鲁诺赴死

这中间

有没有因果呢

子路和子贡

在陈蔡抱怨

亚历山大早早逃离了

亚里士多德

枷锁永在

DNA 永在

伟大之真

忘了设定蒙昧的终止

（2005 年）

泪

一杯清水

加一勺盐

就成了

一杯泪水

确切说，是一杯

像泪水的液体——泪水论滴

所以珍贵，无可比拟

它有盐、感情、场景、思想、光阴

泪跟着记忆

行走在大街小巷

泪顺着血和笔

走进纸

但这时你要听一听呵

那声惊雷过后

森林里的余烬处

人猿的婴儿在哭

(2006 年)

思

比说出更可靠
比追问少了
刺眼的血

你望着它
望着星
望着镜
望灰飞烟灭
望着微生物
望雨

凄苦之灵魂

从用脏的躯体上

冉冉起身

再没有什么了

那种出神的静谧　你着迷

那种微微的惊惧远逊于

你在影院里感受的刺激

"思"

你们不停地绕回到它上古的称谓

不停地　重复

像上下班路上的麻雀

　　　　　　　　飞起

再回落

（2007 年）

失眠

请随我进入失眠
这真正的——
"我在我的神经上奔跑"的时段
全世界所有的琴弦
这一刻都是撕裂的

请随我把插头拔掉
拧小电视的音量
这时外星的新歌在疯狂打榜
熊按下云头　走进歌厅的暗处
成为凌晨最常态的 DJ

每一支没点着的烟
在空中都是站着的
每一句灵验的咒语失效
失效的此刻洞开天门
呵，我为什么狂喜与忧愁

（2010 年）

航

我头一次坐船出海
夜晚跑上灯火通明的甲板
柔和的海风伴着轮机的噪声
稍稍驱散着四外——
夜幕永恒而深邃的不安

我知道船会开往哪里
但此刻——
船真的开向那里吗
在这漆黑的

恍如史前混沌的世界

下一波飓风

正蜷在深海某处长眠

钢铁的小纸船

在大神的水洼里

自以为是地漂转

在彼岸沉沉的夜间

在彼岸茫茫的白天

烈日水气

星汉灿烂

如果把船下的水抽空

我们在这星球上的航行

依然会像在天上

与地表隔了上万米

唯一不同的是——

这万米的空间

挤满了奇形怪状的生物

——我曾在一首诗里
写过上述惊叹
我知道我们来自何方
正去向何处
我知道
我不知道

起点和终点间
总会充满一些
神经质的变数

每一种都将改变我们
所以谁又真能相信
那些航图
那些计划

科学用公式搭建
铝箔的光明

精神的巫师又用

直勾勾的眼神

上演思虑的幽暗

幸好我们拥有不确定

拥有未知

和冥冥

这些貌似不祥和躁动的

非理性

变异

在破坏的同时护佑我们

不被大天使摄魂

不被人间地狱的恶灵吞吃

人就是人

怀揣一颗缀满补丁的洁净

走完各自浑浊的领地

就像那一次

我的船先后穿越

绿色的黄海

浑浊的渤海

抵达水泥的码头

轮机停止

灯盏熄灭

旅客带着各自的感受

走向接站的亲友

我相信

它是善的本来面目

（2010 年）

恒河

特韦雷河太远了
尼罗河太陌生
莱茵和密西西比太晚
亚马孙有太多的繁茂
其实杳无人烟

我写过的最近的河
我所看过的最清的河
长江是最亲的
最肃然的是黄河

深度在许多时候夹带了浑浊

我愿意写一写恒河

没见过的一个源头

文明一次次被地图上不同的手擦去

再画上

河依然在

照样来自冰河和雪水

漂浮朽木、浮尸，吃进骨灰

鳄鱼的眼睛与上半张嘴

童尿、祭司的唾液

摄影机另端我等凡庸的注视

每一块湖　每一道溪水

都有这样的归宿

每一个入海口

都迎来这样的液体新娘

每一个人间的国

都预先备下这样流动的时钟

每一代火光燃起、熄灭

铠甲被淹没、挖出

半岛浮现、陆沉

都有它无声的澎湃陪伴

河边的你是我

在纸本和屏幕上

阅读流域的你是我

捕猎生灵的你是我

交媾的、吹响树笛、揿灭烟蒂的

它、它的兄弟姐妹，辉映夜空

冲淡血，直到她们被吞噬

它吸走我们青春或老年的某一刻

有时吐出来

还给第二天的霞光

地动山摇的时候

它脸上有轻微的凌乱与破碎

但很快就修复了

即使局部的泥石流或堰塞出来捣乱

谁又能拦得住一条河呢

是呵

谁又能真拦住

我作为人类对永恒的敬畏

（2011 年）

作者

他看着自己弹琴
熟悉的吉他上没有一根弦
但声音是多么清晰呵

他拨着虚无的弦
奏出了此在
接着，唱了起来

（2011 年）

牙

没错

他们动了锤子

在麻药开始作用

我半睡半醒沉入胡思乱想之前

我看到过它

接下来

我双手握住椅子扶手

我想牙科座椅恐怕是世界上

最诡异的椅子

当然　还有产科椅子

有一回　我拔喉间鱼刺

假小子式的口腔女医生

把我领到了一间闲置的
妇科诊室里
　"张开嘴!"她说。

我不知道那些妇科医生
会不会也那样去
启迪母亲们——"再张大些"
那些椅子会不会
也像我臀下的这样冰冷

他们好像又换了把锤子
也许是同一把
我听牙医对助手说:
　"你把下巴托住!"
我又在想那些母亲

唯一的共同点都是
把东西从体内往外拽
　"有一阵我觉得像电影里那样

飞到了天花板上，俯看着医生
和产床上的另一个我。"

我听过一个朋友
这样描述她生产时的感觉
"好了，你可以起来了！"
在我以为他们要进一步下狠手时
牙医对我说

"多用了支麻药，你受累再去补交下费。"
我手上的注意事项则写着
"口内纱布 40～60 分钟取出"
我想点支烟，忍住了
病牙已不在口中，婴儿们

在麻药散去的迷雾中长大、跑远

（2011 年）

河

每隔上一年半载
总会
有那么几个瞬间
让我想起凯悦饭店后面的
那段海河　以及
它沿岸的景观

在那条西侧的
狭窄马路边上
凯悦显得有些高
总有阴影在四季　控制着路面
不远的利顺德大饭店
好一点
稍微为柏油让出几块灿烂的光斑

有过不多的几次

我曾到那里的沿河公园

读书写信

等附近几家影院的电影开场

看星星

对着河面的波光

为已逝的青春往事

默语祷告

我也到过河的另一端

东侧的沿河公园比饭店那一侧

更显宁静荒芜

高楼在雨中的河水里晃动

秽物前赴后继朝东站漂去

青灰色的云和水

为我打开

故乡平素未有之画卷

那种清冷与陌生

令我深深为之沉迷

穿上好奇和渺小

重回空阔童年的某个场景

而每当

盛夏的熏风拂面

我仿佛看见了我渺茫的向往

正逆流而上

无限长的河呀

在地理书上辗转反侧

与一个人记忆和人生有关的

却只有这一段

它因有限的烦琐场景

成为我心中伟大的河

我因留住弥足珍贵的微不足道

写下新的诗章

（2002 年）

彼
岸

写完诗
关电脑
去厨房
做饭

（2002 年）

98

柯
索

20 岁　我读他

21 岁　我再读

今年

我 36 岁

许多事都不一样了

许多清澈

正在我眼里浑浊

许多浑浊

我能看到它的清澈

救火车每天在街上

咬报纸

以下这句感受是不变的——

我信有天使在我的屋顶上飞翔

（2003 年）

那一片神奇的土地

我想我

不得不

歌颂一下古巴了

不是因为童年的

古巴糖

不是因为格瓦拉的

革命

不是因为球王的

妙龄情人

当然也不是因为
雪茄和音乐

我所啧啧称奇的古巴
位于哈瓦那海滨大道
利内亚街北端的街心公园
那座立于 1931 年的
"古巴华人纪念碑"
背面有西班牙文如此书写：

"无一古巴华人是逃兵，
无一古巴华人是叛徒！"

（2004 年）

阿迅一族

开出租的鲁迅

卖报纸的鲁迅

写诗的鲁迅

在电视台当主持人的鲁迅

研究了鲁迅半辈子的鲁迅

失业的鲁迅

每周集体去郊外

爬一次山的鲁迅

半夜上网的鲁迅

梦想着青春诗会或鲁迅文学奖的鲁迅

卖笑的鲁迅

一米九二的鲁迅

女鲁迅

长六趾的鲁迅

留莫希干头的鲁迅

不停摁响门铃

派送超市清单的鲁迅

骂鲁迅的鲁迅

美丑胖瘦

不一而足的鲁迅

还有

吾家门前一棵鲁迅

门后还是一棵鲁迅

（2004 年）

选自《花火集》

邻居大办丧事
和尚唱了一夜

头一次这么近
领受佛乐熏陶

（2006 年）

晚间的洗手间

北京亚运村某餐厅

从 18 点到 23 点，我去过 3 次还是 4 次。

洗手盆的龙头始终不出水。

可每个去过洗手盆的人，大多伸着手走到干手机下面，站上一会儿。

（2008 年）

晚冬之晨

还没完全

亮起来

看不出是要下雪

还是

短暂的阴天

天上残留着

一点蓝

一点轻淡的灰

远望西侧

一根孤独的烟囱

兀自吐着

动画片里的白烟

那是这片城区

空气清新的一个证明

——以前我会这么想

但现在不了

看着那一直吐着的白烟

我有一点忧伤

（2009 年）

洁 癖

人至中年
开始讨厌
人在诗文中
频频亮出死人

相干的死人
不相干的死人
知名的
无名的
无辜的

死有余辜的

头靠着头

脚挨着脚

那么一排排

从尽头铺到跟前

那些铮亮的皮靴

就这样晃眼地

在众尸头顶和脚边

踱过来

踱过去

有时它们叫正义

有时它们叫深情

（2009 年）

稍远处

电车上的他忽然咒骂起来。

似乎是在骂社会风气，骂年轻人不给他让座。 一边
骂，一边下意识地瞟瞟四周。

哦，他长了双——
年轻时绝不给老年人让座的毒眼。

（2009 年）

我忘了我看见

念念不忘汶川大地震的心灵
——谨以此诗献给所有

无来由地记起
平凡的一幕

具体在哪里我忘了，总之是在一个路口。 十字路口
或是
丁字路口。 一辆车，"嘭"的
把一个人撞飞起来

我坐在另一辆车里看着它。 确切地说
是先听到响声，后看到那一幕

然后我的车，就把我拉到挺远的地方去了。 一直到
它停下来

我走进家门，我坐下发呆，或后来

某一天我给别人讲

我耳畔仿佛都响着那样一声

——"嘭"

（2009 年）

诗
论

越累的时候
写诗越多

何也

孔曰"成仁"
孟曰"取义"

（2009 年）

谁在悼念迈克尔·杰克逊

骷髅在夜里
僵尸在梦里
孩子在案情卷宗里
爱蜷在报纸标题里

现在请关灯
请举哀
那人在月球
跳了一夜

（2009 年）

半首朗诵诗

在黄昏临近时

写一首模仿之诗

夕阳下的空气温暖

天地昏黄宛如

沙尘暴驾临金秋

我忘了我声音的原样

和第一个召唤我的声音

所有第二位、第三位的声音

现在请让我喝一口水开始说

艾略特是伟大的　因为他

辨认着戒律且呼吁遵守它

金斯堡是伟大的　因为他藐视戒律

并对另外一些不成形的戒律卑躬屈膝

同时歌颂了手淫和母亲

布考茨基是伟大的因为他更粗鄙

并从这里出发走向了真正的高贵

王维是伟大的因为他没有比陶渊明更加伟大

李白因为杜甫的崇拜而伟大

杜甫是伟大的因为在漫长的岁月里一度没什么人

选他的诗还想把他从唐朝驱逐出去

李商隐是伟大的因为他朴实地

把《锦瑟》放在了诗集的第一首

屈原是伟大的因为我们吃着粽子而顾不上

他的委屈和诗

苏东坡是伟大的因为他的啸他的傲他的铁砧把句子敲出

银质的润泽还有街边那些酒楼附会的红烧肉

普希金伟大因为他歧视自己的阶级而且让一些

仇恨这种歧视的中国人厚颜无耻地崇拜

歌德是伟大的因为他老奸巨猾小心翼翼在泥流中

没有弄脏自己贴身的内衣他的诗心

聂鲁达是伟大的因为他多变幼稚却没有像马雅可夫斯
基那样

死在独裁者的阵营里他为自己选对了死

鲁勃佐夫是伟大的歌手没有死于酒但死于老婆的擀
面杖

他让一阙抒情变得雄浑粗壮起来

雅姆艾吕雅普雷维尔是伟大的他们曾让我初近诗歌的
天空

充满了金子一样富足的华彩

帕拉索列斯库是伟大的因为他们是另外的伊沙

傅立特是伟大的因为他平静的口语更嚣张和挑衅

策兰是伟大的因为他让北岛和家新吵

其实他可能比他们吵得还要略微伟大

但这不等于说他就比巴赫曼汉特克高级

诗歌史是伟大的因为同样伟大的名字你不可能数清

而且那些伟大的私生子还在源源不断地被生出来

诗人也只能是语言的私生子

他们像卡通片里的宝宝让观众看着别扭但看看也就习惯了

更伟大的是诗歌虽然高高在上它却只是文学的一部分

文明的一小角智慧和昏聩的寄居壳

你不会一下子看到花甚至有人死上八辈子也照样看不到

我说的是他们这些人这些世界只要他们还有一天心无和谐

（2009 年）

慧血

"难道就因为他救过我一命，
我就可以丧失原则吗？"

电视剧里
一个穿制服的反派这样说

（2009 年）

人不知而不愠

临街却依然黯淡着的土木矮楼，边缘磨损的门板与窗板，靠背或方或圆的硬木椅子，桌上静静待着的蓝花白瓷茶壶，墙上莫名微笑的领袖画像……

类似的景象，从电视剧里看到，随后轻松地带我走入关于南方小街，或者北方大杂院、苏联式楼房，以及别的什么空间的记忆。

我们过得太苦了。没有肉，鱼也是小的、死的，还要拿着手册，凭人头供应——直到一两糖、一个鸡蛋。鲜艳的花布，在这个世界上似乎从没存在过——当然，它是存在的，虽然不多，但我们已经被训练得习惯于视而不见。

于是对于大多数人，城乡之间，剩下的，也就是有没有医院、自来水与井水的区别了，对了还有猫狗鸡鸭，能不能在户外自由地走动。

在那样一个黯淡的，适宜用现代诗和现代小说表现的历史时段，甚至连诗和小说，都是被禁止的。怎么可能会有人写现代诗。

而所有写诗的，或多或少，都来自于、经历过那样的世界！一代又一代！诗是怎样生长出来的？现代诗、现代小说、艺术、文明，怎么可以在这个巨大的花盆里，不带病态地生长出来？

"知我者谓我心忧，不知我者谓我何求。"

（2010 年）

月梦

我梦见过蓬莱

在贼月下临风

看云雾蒸腾的对面

琼楼里人影一闪

那是苏轼吗

还是李白

我随即忘了这个疑惑

——风大起来

吹得身上更凉了

但月白和夜蓝

融在一起的那道光

很快比身上的凉

更深地吸引住了

我这个恐高症患者

今夕逢此梦

我欲长醉不愿醒

（2010 年）

光荣牌酱油

这是一只有着波普式图标的塑料袋
一只像木刻刀刻出的壮实、僵硬的手臂
举着一把熊熊燃烧的火炬
——四十年前，我的国家最常见的图案
在图标上方，是介于楷书和宋体之间的
一行小字："始于 1927 年"

这样一只袋子
待在书桌上快两个月了
里面的酱油早已吃完

但包装上那暗红的底色

还是令我一再想起小时

我抱着巨大的酱油瓶子

在或晴或阴的路上往返

我常担心自己会抱不住

而那巨大的瓶子一旦坠地

一个孩子将迎来光荣带给他的黑暗

他当然不知道

光荣带来的黑暗

属于这片国土上的每个人

每支刀刻出来的壮实、僵硬的手臂

甚至，每一把刻刀

现在，黑暗的酱油还在

我荣幸地看着它

干瘪进了一只只塑料袋

像疣遭遇碘酒

或甲紫溶液的浸泡

我把这归功于时光
黑暗的灵还在
但会在我们的诅咒和注视下
融入虚无
是坚信和生命的时光
成就最后的光荣

永远是

（2010 年）

孙武子

我很晚才看到苏州

江南多胜景

我独爱虎丘

看剑池　我会心疼

国王身后的凄清

观斜塔　我会惋叹

许多事

后人丧失了登临的荣幸

高树碧水风摇夏

偷至人寂处

吸完几支烟

（2010 年）

在这个月的一次即席发言里

我提到了我就读的大学

我的岁月

指导过我文学成长的精神导师

我提到了不久前颁发的

诺贝尔奖

我能感到下面的听众里

有些人的脸色已经开始严峻了

我说出了

巴尔加斯·略萨的名字

同时感到——有人在放松的那一瞬

又有一点失望

我承认

那一刻的效果

我是故意的

但我是诚实的

——能影响一个文学家成长的导师

只能是一些文学家

而不可能是

——策士与政客

我是一个同时尊重历史

和心灵的冷酷讲述者

现在——

再赋此诗为凭

(2010 年)

中年写给德国人
西奥多·阿尔多诺

因为亲身经历
亲眼看见
还亲自穿越了
过往一百年
发生在我国的
那么多
惨痛的事

这些年
我残忍地写诗

（2010 年）

巴赫金

两箱水果放到阳台
冷风很快从那里把果香送进了书房

那是橙子和苹果迫不及待
就新环境开始了它们的对话

（2010 年）

幻

在梦里

我见过死人

听到过某个未知角落

传来的哭声

我会飞起来

也曾把一首诗

一篇久未开头的文章

飞快地写完

——有时突然梦醒

真就坐到电脑前

顺利写完了

这都算不上什么

梦是无所不能的嘛

问题是——

每隔一段时间

无论我梦到聚会

出差还是游览

或是因为什么莫名的原因

去到陌生的地方

我都会在梦的中途

碰到陵园或纪念碑

后面所有的故事

梦里照常继续

而我会怀着恐惧和战栗

在故事的中途

对它们深施一礼

（2011 年）

意 象

他一个人就把广场
倒扣了过来
零碎纷纷掉出来——

几百只大小不一的鞋子
倒栽葱避雷针杵地的国会大厦
轮子朝上疯狂空转的公共汽车
随排污管渗入城市深处
又倒流出来的尿液
水泥砖接缝处

粘过血污的灰泥

洒满方言的咒骂

几截无法焊回到一起的吻

所有人都脚朝上走路

所有云都在下方的深渊里堆积

偶尔几滴雨

像喷泉倒灌上来

有如挣扎残存的诗

没一条活的睫毛

活的蟑螂

或老鼠

（2011 年）

失眠夜的地震新闻

正为身处的华北地震区
疑神疑鬼
就读到新西兰 6.3 级地震的消息
网页上还列出了失踪中国人的名字
蔡昱、陈杨、戴静、何雯、霍思文
赖嫦、李得……
普通得不能再普通的姓氏
想象都想象不出来面容表情的名字

现在
公元 2011 年 2 月 27 日 0 点 51 分
累极失眠的我对着电脑屏幕
默默祷告你们平安回来
如果可能
也带着你们的约翰爱人、威尔仇家、克拉克同事
平安回来

（2011 年）

幻：或人子之梦

我暴怒着
驱赶这些人
让他们从霉变的尸身前走开

他们走过来
同情地摸了摸我的头
又回到那张食尸的餐桌边

（2011 年）

第五辑

简单的复调

我有两个日本

一个

在噩梦的江南

上海外婆的家

被战火烧得精光

噩梦的中央

是南京

那些阴沟那些

刺刀血槽里

滴出的液体

一点点从我面前的

书页里渗出来

另一个
是遥远的大正时代
和它的袅袅尾音
譬如那个讲述画家
橘子和父亲的
芥川龙之介
譬如那个冒着
举国战争狂热
用小说偷偷向鲁迅致敬
英年早逝的
太宰治先生

（2011 年）

叶
芝

当我老了
头发白了
暖气旁打盹儿

你们把这些诗
从书上撕下
烧了吧

那是最好的我
从混浊的街景深处
长身而去

(2011 年)

143

公共题材

——有人被车子无端轧死了

——哦，是吗

——轧死的，是个孩子

——哦，是吗

——你难道不气愤吗

——当然气！在这片土地上，所有的她或他，都是我的前世

——所以

——所以我只允许我的诗，长满同胞用生命浇灌的希望、傲慢与明亮

（2011 年）

读弘一大师传

邻家并无法事

可我确实听到了佛乐

伴着风

（2012 年）

简单的复调

从餐桌上的笔记本电脑抬头
看到卧室门口，以及卧室的
一小部分。 现在卧室是明亮的
在我开始写作的时刻，它是
明亮的，上午的阳光在缓缓挪向
正午的位置，即将挪到卧室
窗子的正面。 现在我看到
家具的反光，明亮中介于红色
橙色和棕色的那种层次感，如此灿烂
它们映入我的眼帘，我心底的秘密
带着这种秘密，我俯向键盘继续写

（2012 年）

初冬疑案

两个人同一年出道
一个得了国际大奖
另一个刚刚
被本地农民揍了

(2012 年)

末日颂

人类的末日

人生的终结

一年的终了

每周的周末

一天的结束

呼吸的完成

水的风干

所有的灰尘

巨大的星团

突然一起缩紧

然后一片黑暗

当微暗的光

再次冉冉升起四合

空荡荡的宇宙

那只毁坏的遥控器

正自在地

游来游去

（2012 年）

曾经有过这样一个时代

信了教的诗人朋友

把《约伯记》29：19发到了微博上

"我的根蔓延到水边，露水整夜沾在我的枝上"

他没说明

是作为教谕欣赏这段话

还是作为诗

（2012年）

一碗不太满意的麦片

这碗麦片曾经就是一个迪兰
不必非是面包，也不必非是燕麦
叫托马斯的酒鬼早早长眠
活着的人还得把迷人该死的诗
继续写下去

人们在麦片里喝出麸皮
在好一点的麦片里喝出奶味
当河流从这些淀粉往昔的体内流经
地下水正开始它缓慢、无限的沉降

一勺麦片就是如此复杂、恢宏

调羹探入碗的下部
肠胃和视神经蠕动
但主次已分，绝不同时启动
除非源于愤怒，某个时刻
伴随一只碗化作碎片而忽告终止

本诗不是在那种情形下写的
它只是手指在键盘上的胡乱跳跃

（2013 年）

在他们一再用强的

战争阴影下

在笼罩了百万平方千米的

人造雾霾下

超强的劳作

回望百岁千年悠长暗夜的

彻骨寒冷

上帝说

"光还在"

于是

诗歌呈现

（2013 年）

越进步，越凝重

第一部手机是"诺基亚"
掉到了海里

第二部手机是"联想"
掉到了汤里

第三部手机是"苹果"
掉进了马桶

（2014 年）

154

案
发
频
繁
的
夏
日
上
午

我正盯着电脑，处理一些文字
身后隐约传来几岁女童的声音

"救命啊"
"救命啊"
······

从昨天下午她就在这么喊
这只是童年的一个游戏

（2013 年）

食堂的过道
——通往胸科医院

砖混老楼

常年掩映在它自身的阴影下

此刻冰冷

盛夏它是凉爽的

站在狭窄的过道

越过昏暗的两层楼

向上眺望

亮一点点从更高处射下来

顺着墙壁爬上去

就有一点希望

像凡·高《囚犯放风》的画

和讲述纳粹时代

南欧游击队的老电影

地下工作者

在过道窜来窜去

有的倒下

有的蹽远

把自己和时间变成影子

渗进墙

我想说

你必须随时缅怀并记住

绝望里

那一丝迷人的光

(2013 年)

清
明

都过节去了
整幢大楼里
剩下一个值班的诗人

（2014 年）

在五塔寺前

我很少看到乌鸦

与喜鹊共舞

在北师大没有

在南开也没有

现在你看

他们自得其乐

大乌鸦站在树顶

看不见的某处

固执演讲

两队喜鹊像飞机

稳稳滑向远方

有那么几秒

我出神

想了下记忆中的

东欧艺术家，然后

揿灭第五个烟头

起身走进

有侯马和伊沙的

研讨会现场

（2014 年）

看球记

相对弱的一方赢了
而且场面上
没有看出弱来
他们臂上
都缠着黑纱

（2014 年）

祭李白

碎叶凝风沙，巴蜀映月华

长河几万里，妙句敛烟霞

远承屈子、景、宋之绝韵

近接二谢、鲍、陶之英华

前迎子昂、贺八诸妙意

后启少陵、东坡、山谷众星纷纷而来下

咦吁唏，金星太白

你是汉语众星中最璀璨的那颗

你是酒鬼中的神，岁月推送的豪侠喧哗长廊中

胸怀沉默的那个人

你是诗史里的整张大陆

你是在岁月里把整张大陆无限铺陈下去的那个人

众生祭你，是因为没有你，盛唐将一无是处

诗人祭你，是因为你展示了诗的无用之用，

你让汉语

同时拥有了江水样的浩瀚、狂暴与沉静

在高傲中收拢孤寂

在狂啸中锤炼心灵

你是最前面的那一个

抛除说教，翻云覆雨，只忠实于心

在美的面前迷醉，向着岁月和流云

举起夜光之杯

笔落千年惊风雨，诗成何止泣鬼神

人道圣贤皆寂寞，岂知诗者永留名

我自掷笔向天笑，山河掩映华章中

伏维

尚飨！

（2015 年）

在近郊商业中心的

这家日本料理店

除了我们

整座餐馆都是空的

音箱在放艺伎的歌

落地窗前挂着一条摊开的

清爽的巨大裙裤

——那是一副假装的门帘

宽出餐台上横挂的小帘

绣着弓起背的虾

娃娃样的章鱼

螃蟹、杂鱼

它们无一例外

站在热气腾腾的碗里

"如果我们在日本

可能根本看不到

这么大的料理店

说不定相当于

他们那里的四个"

我吃完一碗拉面

看着空阔的屋子说

唱片里鼓、板声清脆

艺伎的嗓音清丽中

有一点男子的硬朗

平铺直叙时

靠近单弦和天津时调艺人

一唱急

能剧或演歌的拖腔就出来了

"他们平时就是这样吧

喝喝酒，唱一唱，敲敲鼓，再跳跳舞"

老婆默默地听了一会儿，说道

"喔，差不多吧"

我说

"有时杀杀人"

（2016 年）

暮春吟

暮春如盛夏

这一点在我光着上身

拎着垃圾

走进酷热的正午

得到应验

但是还有意外的风

它使烈日落在脊背上

不再像鞭打而像抚摸

它使我想起同样光着膀子

在大学操场上踢球的那些日子

中年人后来虚伪地说

那种每一代都会经历的

找不着北的欢乐

叫理想主义

（2016 年）

排队

生于 20 世纪 60 年代
我们都有过
秋天里提篮拎筐
在粮店外排长队
等着买按人口配售的
红薯的经历

那两三列的长队里
几乎每一个行列
都会有班上的同学
但排队的时候
一些人不再说话
他们只默默地排队
好像从不认识

（2016 年）

车坏等候救援的时刻

入夜了
废弃的原子弹基地
竟然还有灯光
闪着湖水一样
粼粼的波光

（2016 年）

第六辑

诸子纪

野火烧不尽
春风吹又生

——（唐）白居易

神农氏
老　子
孔　子
墨　子
庄　子
……

神农氏

如果我像你们希望的那样
全身透明
看得见食物在自己躯体内的
每一次蠕动
我会说
"我来自别的星系"

事实上
我依然来自这里
带着饥饿

带着不停的、这片大地上

特有的饥饿

在咀嚼中昏死，

再醒来

你们得到的药

和王

就是这么诞生的

（2014 年）

老子

牛是不是黑色的

已经不重要了

甚至有没有过牛

牛肉干

牛皮鞋

也不是很重要

他想

　"吹完了这五千字的牛

我也可以不活了"

（2014 年）

孔子

就把面前这条河
当作我的镜子吧

赐呵
回和由在前面等我呢

我看到年轻的灿烂
我把所有融入面前这些竹片

梦
我在哪儿

(2014 年)

墨 子

谁会真容忍一个
一群
不是国王的人
拥有军队呢

谁会信一个
一群
不想做国王的人
拥有军队呢

人生波澜壮阔
答案竟在这里

（2014 年）

庄子

我们不妨一起来

欣赏一条鱼

胖胖的鱼

巨大的鱼

从海面下跃起

遮住日光

和云朵

它的阴影遮没了

地图上

整张大陆

并在近二三百年

一直西移

扩散

如果换一个角度

这可能又是一个

悲伤的故事

您盯着画框

并为之出神的

那条巨大的胖鱼

是腌制的

（2014 年）

韩非子

两千多年后
一个叫圣鞠斯特的法国人
遭遇了我在秦国的命运

他曾让国家血流成河
我只是提出了近似的设想
"他是舒服的"

(2014 年)

司马迁

精神不是阴茎

所以可以重造

真实的古代无非是一种绝望

悲自当下升起

跌跌撞撞

抵达希望

所以你看到的那些

辉煌

都沾着血

我的

（私著官史）

聂政的

（杀人偿命）

韩信的

（战争魔鬼）

周亚夫、窦婴、李广

（与生俱来的悲凉）

我只写

不存在的历史

我只写了

存在

（2014 年）

蔡伦

谁都知道
我崛起于宫廷政治
最后死于
同样的世故

谁又知道
传我名的
竟是这些
薄如时光的纸

(2014 年)

阮籍

我睡着了

能听见悲伤的歌声

有时

是它到来的马蹄声

我提醒自己

该起来了

我要赶在月色偏西之前

去把琴从匣中取出

(2014 年)

陶潜

只有一件事有意义
——留住菊花
只有一桩实情值得写
——乞食

别的都可能是假话
如果它们是真话
那是因为我
对上述事物的坦白

（2014 年）

刘义庆

我喜欢听谣
传谣
传满五百遍
你管得着吗

我的书卖得不错
隐私谁不爱
酒桌上贱乎乎的"真牛"声
谁不爱

（2014 年）

惠能

不是惠施
所以，不必称"惠子"

红日西沉
即是上升

我不说"法"
法网恢恢

疏
而漏

（2014 年）

杜甫

我想写尽李白之后最好的诗篇
这难道是一个士子终身贫困的根源吗

或者说
把它们之间的关系颠倒过来

（2014 年）

陆
羽

寒桥与树洞

在我这个极丑之人的眼里

没什么分别

可世人有分别

比如他们认为的

我与王梵志的不同

说不同也就是不做和尚

同样作为弃婴

我比他多了一群大雁母亲

所以他更多看到悲凉
我更多看到神奇
和杯中泉水照亮世界的

那一缕光

（2014 年）

韩
愈

世人终归是蒙昧的
你追求成为智者
横竖都是要挨骂的

既然要挨骂
我就先来指点指点
尔等的道德

（2014 年）

苏
轼

走在刚竣工的西湖堤上
夕阳下的微风
让我想填一首词

柳七故去三十七年
总还是一再想起这个人
但愿这次能写到他的水准

一个老官迷永远没法体会
后辈官僚的苦楚与向往

你的井水，李白的月光

我俯视仰望时的沉醉
山路上人马困乏的悲鸣
哦，这一条红鲤机巧

逃过了垂钓者的钩网

（2014 年）

马
可
·
波
罗

需要等利玛窦的时代到来

需要一个更偏执的人

让你们知道曾经有一种乐观

在荒凉生长

将信将疑

我存在

不存在

两种可能

令人兴奋

它关系到神

神在遥远的此地
确实在一些小得不能
再小的地方帮助过我
比如活着
带着信念和欣然

（2014 年）

王阳明

对手太残破
却阻碍了我
在简陋的世间
穷尽规律

还是起身走吧
边打边退
退到五岁
把欲望还给欲望
让打坐回归打坐

此心光明
此心
如何光明

（2014 年）

康有为

无数的人

在血海里漂浮

他们漂浮

一旦登陆

就缩小

成为一颗头颅

无论是为罢黜百家

还是天下大同

这是我中年以后

做过的最可怕的梦

它可怕就可怕在

每隔一段时间

便会跑过来找你

你给它添上不同的结尾

每一次都惊惧地醒来

还无法表示愤怒

有一次我在里面梦见

自己在讲堂上

给那些年轻的追随者

分析梁启超主张的毛病

忽然就又回到海里了

依然是血海

影影绰绰是起伏的

呼救的手臂

我挣扎着

面前漂过一只木桶

距离不远
我想抓住它
可手每碰桶沿一次
它就远了一点
每碰一次
又远一点

（2014 年）

谭嗣同

恐怖

我要你看到恐怖

不仅仅是血光

和暴虐之火

秦政两千年

培植贪婪

淫荡和伪善

从小篆

一直到我望不到

200

尽头的残肢断臂

我梦见过一个人
在窗子里捧着玩偶的头
在哭
我梦见几万万人
在几万万绿豆大的窗口
捧着自己的头

那条路延伸着
迟迟不愿
在刀光中
抵达尽头

（2014 年）

梁
启
超

我始终是个少年

额头不骗人

虽然老师有时候

会出来骗一骗

"公车上书"

传闻而已

但变法口号

启超是喊了的

"五四"运动

　　好赖也尽了一点

　　幕后之力

　　但功劳是学生们的

　　我总是选择在

　　错误的时机发动

　　唯一对的

　　是与松坡策动护国

　　我站在讲台上

　　说不清是黯然还是欣慰

　　启超没什么学问

　　但……也好赖有一点哦

（2014 年）

王
国
维

就像哲人和各种僧侣们说的

阐释者终有一死

李卓吾也好

金圣叹也好

只要骨子里不是

体制奴仆

——比如毛宗岗

为一种熟悉诗歌的覆亡去死

这是不可想象的

为一种陌生且面目不清的

诗歌来临去死

这是人性的

为一种绵绵不绝的黑暗到来而死

力量只能源于心灵

与肉身

甲骨从没兴趣

记载这些

所以

死一再发生

永远被视为偶然

（2014 年）

蔡元培

帮会和刺杀是必要的
但不是救国的长久之计

既然可以帮一个组织
私存枪支
我当然也可以帮胡适之
伪造学历
见地当然比学位重要
他们不懂
所以我当一年校长
会被称颂百年

可惜周树人已死
再没人点破这悲惨的辉煌

（2014 年）

胡

适

每一个读中文的人
不是读过我的文字
就是在用我的思想

我的功绩在于
让一切变得直白
我的孽绩在于
令它们貌似简单

我从山中来

带着兰花草

给诗指岔路

学术亦匆匆

我真心爱着自由

也真心偷偷地

以朋友身份

做皇帝的顾问与幕宾

（2014 年）

鲁迅

恨意未绝
也正是
爱意未绝

恨——那片国土上
千载盘旋的阴霾
爱——爱着
人类

不朽的

对朝阳

天真的期望

我本格律派

（偷偷说一句）

不擅做自由诗

（2014 年）

第七辑

隧 道

是我，是风
星期三午后一点零五分
阳光
颂词
走廊
······

是我，是风

她们把我裸放到床上
只盖薄薄一层被
风跟着阳光钻进屋子
拂过每一具肉体
我微闭双眼
享受正午
谛听阳光后街市上大片的喧声

楼外显然没有草地
没有四散晾晒绷带的战地护士

这不影响我的心情

此刻我已躺到童年更大的草地上

睡在篮子里

任风扫过裸露的肚皮

上面是晴空

四周晾满妈妈刚洗的衣裳

（2014 年）

星期三午后一点零五分

这么好的阳光

这么撩人的微风

这么一个靠近西面和南面的采光房间

如果是平时

如果屋子里住的是一个画家

那么他或许就会干点什么吧

比如从熟睡的模特儿身边起身

奔向窗台

随便抄起一支笔

飞快往画布上

画上一双拐

（2014 年）

阳
光

一楼不容易有阳光

朝北的窗子更不会有

现在阳光照在我脸上

这是我从走神中

返回后才察觉的

阳光斜斜地照入

依然无法直视

只能抬头看一眼

然后低下头继续感觉

它从阳台玻璃的上沿进入

顺着我的额头

（也可能是更高的头顶）

鼻子
一直照在下巴上

是的，我能感觉到
就像此前四十多年的
大部分时间
我没有注意到
小部分时间
我能感觉到
转眼就又忘掉一样

阳光照着我
从对面高处的
某块玻璃上反射过来
照亮
照着
我心里广袤的国土

(2014 年)

颂　词

果实
枯萎
捡拾
明艳

神秘呵
我们的生命

(2014 年)

走廊

——为获得2014年度
《新世纪诗典》
银诗奖而作

我小学的时候

经常整上午地罚站

往往毫无来由

直到绞尽脑汁

想出某个似是而非的"理由"

才被多疑的老师放行

那样的上午

教室走廊尽头的水泥地反着光

我立在阴暗中

嗅着尘土、粉笔末及清水干去的湿气

一个孩子背着偏见强加给他的罪名

走在他自己通往骷髅地的途中

那场景

几乎成了我后来一部分人生的隐喻

被怀疑

不信任

你甚至需要心里冷笑着说出某些话

去满足对方愚蠢的期待

仅仅因为人们

愿意看到蛆虫

看世界破碎

他们因此心中

焕发弱者的狂喜

并把所有过去的

未来的孩子

每一天

按进黑暗

我就是来自

这样一片土地

一个弱小的躯体

蹒跚着穿过

夜的走廊

走进更黑的

夜的走廊

再走出

每一程走过

我说——

因为我能

看到光明

我只有光明

（2015 年）

聚会

还是常聊的那些话题

但这一次有些不同

屋里的人我基本不认识

有的声音听着熟悉

但又长着陌生的脸

屋子也比平时的大

四五十平方米的房间

却又不是酒吧和客厅

靠墙的四边是大通铺

像过去农村小说

描写的大车店
或是抗日武工队时代的
一次碰头会

他们说的话
我都听清了
事后却没记起一句
我想我说的话
他们也是一样吧
最清楚的一张脸
是个亮亮的老秃顶
穿寻常村里的黑棉袄
长相不粗
却有刀刻般的表情
大多数时候他沉默
偶尔点一点头

我觉得我认识他
刚一意识到他的名字

就被晨光照醒了

依稀听见离别梦境时

自己惊讶的声音

"您是吴清源"

(2015 年)

立 春

我睡着了

看见自己刚才入睡的位置上

卧了一匹小马

（2015 年）

为天津爆炸中牺牲的

消防员而作（节选）

（一并献予此前、今后所有灾变中牺牲的救生员）

1.

我第一次清晰地记住死亡

是八岁在湖南

矿区小学的简陋教室里

已是临近下课

女老师在前面

正用湖南味的普通话

解一道算术题

窗外忽然锣鼓响起

接着浩浩荡荡

我们看到送葬的人群

把遗像和棺材抬往

不远处的山脚

下课时我们追跑出去

停灵的所在

遗像前有白蜡烛

跳动着火焰

大白天点蜡烛

这一幕令孩子印象深刻

我记住了大幅的黑白照

之前怪异的锣鼓旋律

和挽联上那个

叫"罗盛"的名字

并在这之后漫长而短暂的

数十年不曾对人提及

2.

死亡是一件私事
窥测死亡与窥测做爱
都不让人愉快
这些年每逢看到人
报丧号丧张罗白事
我总怀疑他们是想
刻意去抹除什么
他们想抹除什么呢
这些与死者
相干和不相干的女人
这些理直气壮
在路过者眼前
大呼小叫的人
死本来是一场火
烧向每个人
有的暂时还没烧到

但已隔空听到
油脂在炉中的"呲啦"声
蓝火苗妖艳
偶然会跳出一道
映亮黄昏时
尸炉间暗淡的壁墙

3.

但是
——有多少次善良的"以为"
可以成就美好的结局呢
——有多少个伟大人格的确立
不是依托于那些
一厢情愿的善良
这些道理彼此矛盾
彼此成就
文明何其复杂
生命如此单纯

它们组成怪异的锣鼓旋律

刺耳地追着那些害人者

他们每卑贱地渎一次职

就划去名录上一些美好的人生

每贪婪地数一次钱

就偷走了那些年轻人

几十年的性爱、体液和泪水

让老年人为之奉献的世界

瞬间飘满惨淡的云团

火星和碎衣的残片

4.

蒙昧是另一种堕落

它们使贪欲永不独行

刻意营造、传承蒙昧的人

他们终将下到地狱

最卑贱的角落

紧跟他们的是

他们三心二意的仆人

在网络上摆几支假蜡烛

骂两声体制　同时尽可能打扰

所有本分工作的人

这些扭曲的

最卑微变态的病蛆

每天在单位里维护着主子

私下里靠怨毒的鸦片

把自己化装成一个活人

但死者们按动遥控

命令你们下去

5.

死在每个月都会蒸发它的消息

它的水银柱、氰化钠、碳化钙、TDI

埃博拉、禽流感、非典

所有的救生员、医务人员

所有为了他人在暗夜的长廊中

以命搏生，以血擦去环境污浊的灵魂

所有的

所有的

所有的

你们跟"民族的脊梁"的说法无关

你们是普世的脊梁

是人

是使人类不同于畜生的脊梁

你们中的一部分

死于畜生所害

死于畜生机器的指令

死于死

死于命

你们伟大

曾和我们一样悲哀

你们伟大

让我们看到了自己身上残存的

在人类中复活的渺茫希望

或者说——希望曾经渺茫

但光亮一直不停地被延续

增强

（2015 年）

秋分

这是一年中

奇特的日子

秋天分开了岔路

一条向着过去

一条通往未来

一年把剩下的五分之二

递到猫、狗、人

递到树和草

云和烟，水和风……

万物的

嘴边

（2015 年）

重症病人家属

亮绸棉服
紫色
亮绸羽绒服
黑色
织物与皮革混搭棉服
绛红
三个中年女子
靠在医院楼梯间墙边
一人手里夹着一支
点燃的烟

她们彼此认识

或者不认识

四个深蓝色

大个儿保安

依次从上一层走下来

告诉她们

"把烟掐了"

（2015 年）

机场关闭

航班取消

鸽子在欧洲的胸腔碎裂

安检走过来

捏我的口袋

他捏到润喉糖

这农家出身

脸上长痘的小伙

神情严峻

上回是一个肤色白净的姑娘

一面和同行嬉戏

一面认真捏一下每个乘客的裤管

劲道之足

就像她曾经发过誓

要借某一两次的不经意

去捏碎那些

运气不好的睾丸

这是在天津

我居住的城市

如果需要

你当然可以换成

你住的休斯敦

约翰内斯堡

只是大脑的沟回不变

里面液体在惊跑

窗外是枪声、巨响

平时在影院见识

此刻它们是真的

就像在回应几个月前
蘑菇云在塘沽升起
楼群震动
浓烟把阳台
朝向人马座的
望远镜筒吞噬

肉体膨化
你不见的那些羽毛
猝然四散扬起
流亡的毛发射向马路对面
它们跟碎砖、尘土比赛
看谁能更快陨落回宁寂
这么快就没有新闻了
电视在滚动播出
新一轮真人秀
把视线推向新的惊讶
新的失落
新的疲惫的一天

所有城市的路沉沉睡去

它们不再醒来

醒来的是道路的婴儿

天天如此

只有想象中的睾丸

继续被残忍地嬉闹着捏动

有的脸蒙着黑色丝巾

有的手臂戴着红色袖标

布鲁塞尔的黑烟与警铃

同时升起

伟大的梅格雷探长

没有人能惊起

他书里的长眠

要是谁能叫下他就好了

哪怕那个儿童雕塑

从基座上走下来

掏出小小的阴茎

对准探长的脸

好了

不管罪犯来自中东还是纽约

疲惫的侦探醒来

他在小说里

替我们解决

快没有报纸了

布鲁塞尔国际机场

双流国际机场

快没有出租车了

布鲁塞尔大广场

俄罗斯红场

天安门

快没有行人了

布鲁塞尔地铁

黄浦江外滩

深圳的世界之窗

就要没路可逃了

布鲁塞尔中央车站

河内法租界街心公园

兰州黄河大桥

就快要没有人能够

在阳光和阴影的交接地带

幸福地孤独死去

布鲁塞尔圣米歇尔、圣古都勒大教堂

天津老西开教堂

哈尔滨圣索菲亚

救火车在往天上疯开

它说它看见了那些鬼

他们一直在赢

现在

让我跟无数个我

对遥远和身边的布鲁塞尔一起说

我们活着

无数次看见倒塌

我们不停重建

（2016 年）

梦里

我试着在星空下吹口哨

声音却先于我唇位的动作

破空而出　吓了我一跳

松针上厚厚的积雪

绵密无声地落下

速度像沙漏

别的雪时断时续

又好像正源源赶来

我和空中某处打下来的追光一道

朝雪谷纵深处滑去

偶尔从胸前佩戴的微型监视器上

看一眼自己滑行的背影

这是一个追光照亮着的

深蓝下的白色世界

间或掺杂了一些黑黢黢的绿色

路两旁有时会掠过人群

就跟各种拉力赛越野赛路边的一模一样

我记得最后穿过的依稀是一片灯火下的闹市

人们穿着夏装在放鞭炮庆贺节日

那一刻　我在奇怪

他们就这么把春天忽略了吗

（2016 年）

脉
动

我坐在关了的电视对面

往里看

像看一部黑幕电影

我看到自己更暗的轮廓

它像一面墨制的镜子

而我在里面演着默片

沉闷的长镜头

血液的脉动

有时会引发身体和视线

不为人觉的抖颤

那时镜面和银幕

也会有一定波动

那会不会是我在看一盆

竖起来的水

或者我当年常去的

某大学的一个湖

它无限缩小成一个方块

然后走进客厅

在我的对面竖起来

当我看它的一瞬

所有的鱼、草和蜉蝣消失

绿被收拢、石化成为夜

所有的水在徐江面前

都贴墙站立起来

我看着它里面的反光说

看！要有光

（2016 年）

第八辑

爵士乐

奈特·金·科尔

比莉·哈乐黛

斯蒂芬·阿尔伯特

格什温

肖斯塔科维奇

……

奈特·金·科尔

有多少动人的声音

被早早揿灭在了烟缸里

每次想到这个

我都会庆幸、惭愧、忧伤

是呵

还有谁像我这一代

在这么窒息、混乱、纠结的

思考与言说空间里

大体安然地

写着自己无法发表的诗篇

（2010 年）

比莉·哈乐黛

这名字第一次出现
在村上春树的小说
我差点误读成
山口百惠、卡彭特、周璇或李香兰
交流电的唱片声里
能听出烟酒嗓

生前人们
叫她"戴夫人"
郑敏曾译过弗兰克·奥哈拉
《黛女士死的那一天》
哦,原来早来到我面前

我坐在十二楼

有一点发困

远方是云朵一样的浓烟

夕阳泼洒下的楼群和道路

楼下桥畔路口一辆消防车叫着

把水喷向小河右岸

水龙一点点

像事毕的阴茎软下去

车不再叫

一辆辆车驶进大地的阴影

再从里面钻出来

——过去

所有不同年代里

曾经趾高气扬的消防车

它们后来都去了哪儿

（2012 年）

斯蒂芬·阿尔伯特

到处都是寂寞
此岸

谁写的已不重要
在这块土地
写出是重要的
尤为重要
——当我查不出
更多 Stephen　Albert 的生平
我做如此联想

好吧　夜

更深处的夜色

更浓郁的香水与酒精

人在这个世界必须写下

爱，邪恶，飘移……

无论什么

写下它们，你会永不枯竭

（2013 年）

格什温

另一个华盛顿

无论你是否同意

他的摇篮曲他的狂想曲他的歌他的自动钢琴录音

"不会再有这样的天才了"

每当人们这样想

时代从香烟和酒气缭绕的暗角里给你拎出一个

手脚挣扎着，像在空气中划水

少数时光显得神采奕奕　一如他们的心在大多数时候

天才总是这样

我把刚叼还未点的烟
放回烟盒
去取一支大号雪茄

（2013 年）

肖斯塔科维奇

可以是宏大的，可以是细微的

甚或——瞠目结舌

追随着乐句想这些

抬头能看到对面楼上正有一缕朝阳

落到爬满整个阳台的藤蔓上

仰视高处总是令我欢乐

这些年幸不辱命

这些年幸有太多遗憾

静静唤我完成

（2013 年）

萌芽思索

我在书店书架前

站着读完过不少书

神情应该有些像今天

坐在书店楼梯上读书的年轻人

我读它们的年代

书店还不太欢迎读者站着阅读

营业员每隔一阵就过来催买

加上驱赶

某部引起争议的近代史读物

胡适考证小说的专著

《漂亮朋友》或别的一些小说

就是这么看完的

回家或是去书店的路上

我会胡思乱想

那些在书里读过的文字

脚下是树的影子或落叶

有时还会踩在骑自行车的人

被压扁的影子上

那些扁影子在阳光下缓慢滚动

回应着街上公交车的轰响

偶尔路口传来

一两声市民的撕咬

是的

在此情境

我思考

一些终将无法回忆起来的碎片

它们翻飞

反光

直到我成为一个作者

每每以为自己能抓住些什么

而每一次的失败或沾沾自喜后

总有一些声音

会从记忆和心底发出来

（2015 年）

福克纳：烟草有些干

艺术家本身并不重要

只有他的创作才重要

世上的故事大同小异

如果莎士比亚、巴尔扎克、荷马

活到这个时代

出版商就不用出其他作家

百分之九十九的才华

百分之九十九的自律

百分之九十九的工作

必须对成果永不满意
你永远可以让自己超水准发挥
不求胜过同辈或前人
应该一刻不停地尝试超越自己
告别今天你觉得还不错的自己

（2015 年）

布置课外作业
给学生莫泊桑
福楼拜：

能不能不用形容词和连词

不用定语、状语

只用名词和动词

去呈现

注意——是呈现

而不是描写

今天的作业是

黄昏坐上一辆马车

到邻近的集市快速转一圈

然后回去把你路上观察到的

都原原本本写出来

（2015 年）

雨果：你回不到我们这个时代了

巴尔扎克死前

我去看他

我握着他的手

他手上都是汗

已经认不出我来了

一个月前他还对老婆喊

"把我的画都给雨果看一看"

他活了 51 岁

出殡去拉雪兹公墓的路上

天在下雨

坟在山上

道路拥挤

马拉的灵车一度打滑

我被卡在车轮和墓穴之间

幸亏有人拉了一把

国王说

大贵族巴尔扎克继承

并完成了拿破仑的事业

内政部长说死者是位风雅人物

我纠正他

"这是位天才"

那一天不会再来了

我扶灵

走在棺材前的右边

大仲马

走在棺材前的左边

（2015 年）

柯南道尔：
在大雾的那一边

这是我四十八岁后

遭遇的第一个寒冬

这是近一个月来

第五次白天能见到太阳

如果算上没被雾霾

完全遮住的

经常是冬雪过后

飘来一场小雨

小雨停后

浓雾吞掉

一百五十米外的道路

井盖

日月云层

太多的人用手机

发送阴郁的街景

它们像来自地狱

或斯蒂芬·金的小说

改编的电影剧照

有时浓雾配着

颜色变暗的雪

我想起福尔摩斯时代的

伦敦大雾

华生医生从街上

捎回一份早报

柯南道尔的连载作品赫然进入

他笔下主人公的眼帘

铁路的蒸汽机车

用更白的烟向大雾致敬

伯明翰或者朴次茅斯

成了悲剧与智慧上演的舞台

无处不在的烟尘

吞噬着大英帝国的肺管

亚瑟·柯南道尔爵士

把故事背景里

人们对毒雾的咒骂声

用橡皮悄悄擦去

他让福尔摩斯告诉华生

"人的脑袋空间有限

不能老装没用的东西

就像抽屉"

雾来自邪恶

但不适合咒骂

可以留作伟大传奇的布景

（2015 年）

内心的答词

拉格奎斯特：

感谢我尊敬的外国同行

纪德

莫里亚克

丘吉尔

拉克斯内斯

帕斯捷尔纳克

支持我角逐诺贝尔奖

他们知道

我重写骷髅地的故事

不只是指向罗马

纳粹

对于一个悲观主义者

技艺虽然必要

但并不那么决定命运

他需要清理所有强权

而文学最高的技艺

是听从个体

良知的召唤

(2015 年)

托马斯·曼：
阅读的智慧

谣言说

《魔山》出版以后

瑞典人想给我颁发

第二次诺贝尔奖

多了，太多了

不管怎样

我感谢他们

尤其是在高尔斯华绥和毛姆的写法

不再受知识分子赞赏的年代

我不拒绝世人对我的偏爱

但我想提醒他们

伟大的文学时代

永远都是日月星辰同辉

他们可以考虑奥登

也不妨关注我远在美国的哥哥

海因里希·曼

——伟大的作者

还有我在瑞士的异姓兄弟

赫尔曼·黑塞

顺带提醒诸位

多年以后

会有个叫顾彬的蹩脚学者

跑到中国报纸上

称赞我写得慢

他在放屁

（2015 年）

D.H.劳伦斯 和亨利·米勒的对话

D. H.：人们一直以为我着力在写性的喜悦，其实我写的是拯救。

亨利：人们一直以为我着力在写性的奔放，其实我写的是孤独，偶尔它长着愤怒和狂欢的嘴脸。

D. H.：我希望这个世界还有希望，所以我还在写诗。

亨利：对于由蠢人组成的世界，我没兴趣期待。

D. H.：性是美的一部分。没有比内心性之火熄灭的人更丑陋的了。年轻时它闪烁迸射；老年时它更为沉静、轻柔，但一直在那儿。

亨利：淫秽是坦白直率的，而色情文学却是在那里兜圈子。我认为人应该说真话。淫秽是一个干净的过程，而色情文学是暗中使坏。

D. H.：我没听说过那个亨利·米勒，照你们的介绍，我该比他大六岁，我死后过了四年多，他才出版那本《北回归线》。

亨利：我写《论劳伦斯》，越写越不明白自己在干什么，我陷入了重重矛盾之中，我并不真正了解他，没法给他下结论，甚至没法触摸作为真人的他的精神，我完全不知所措，只能放弃。

（2015 年）

无私怨
大诗人之间
弗罗斯特：

关于我

最著名的一个传说

是诗人、政客麦克利许散布开来的

我因为怕埃兹拉·庞德更出名

而奔走于权贵

把他从牢里捞了出来

问题是我又没疯

我不过是给自己的行动

在俗人面前找一个借口

他们信了

他们不愿意相信

我一直对埃兹拉心存感激

我同时又恨他

他终结了除我以外的
所有格律诗

在我坚持写作格律诗的
大半个世纪里
我的长子夭折
次子中年自杀
二女儿疯掉
小女儿死于难产
上天罚我
老婆临终时诅咒我
同时代人和年轻的诗人
暗暗咒骂我争强好胜

付出了一生的泪水和汗水
我干嘛不争
本来就比他们强

（2015 年）

心象

好作者不应该背弃形象

道理不是真理

每一条法则

都可能因为一座庙

一所酒吧

一条时断时续的河流

河流映衬的星光

而改变它们的指向

只有情境里的道理

才有那么一点意味
情境不让思想像
三岁孩子那样乱走
当然也可能会让智慧
变得功利至极

我把此刻这种
在难题下展开的讨论
叫作"心象"
它貌似超验
却同时附着了
万物的音容

人干嘛不
再自由些

(2015 年)

但他们也对
我对海明威的感情，
马尔克斯：人们夸大了

文学呈现出的真实

不是照相式的

文学更概括

不可能没有隐喻

怎么达到隐喻的目的

是叙事的奥妙所在

比方我回忆海明威的文章

他当然在巴黎的人流中听到我的声音

也看到了人群中的我

可他不知道我是谁

顶多认为我是他的一个读者

在他那里

我们连熟人都算不上

文章之所以被人关注

是因为我和欧内斯特

都有一些作品

被同样的人喜爱

人们希望自己喜欢的作品之间

都有某种联系

作者最好还是朋友

可谁能真正进入

欧内斯特内心的孤独呢

这就像——没有谁真的

从外部走进拉丁美洲的孤独

每个作者都要独自面对

那向他扑过来的巨浪或是

熊熊大火一样的孤独

多年以后
我和欧内斯特的孙女
在巴黎吃饭
她一直不停地给我讲她祖父
我呢
在讲我的外公

（2016 年）

讲写作方法论的那些诗人

爱讲写作方法论的诗人

最后都去写了小说

詹姆斯·乔伊斯去了

詹姆斯·斯蒂芬斯留了下来

海明威、福克纳去了

沃莱斯·斯蒂文斯留了下来

纳博科夫去了

他的同事博尔赫斯留下来

鲍里斯·帕斯捷尔纳克和赫尔曼·黑塞

有人说他们顽固

在小说里写诗

他们侥幸成功了

让文学整体提升了难度

艾略特去写戏剧

麦克利许和庞德客串政客

他们都没有成为单纯的诗人

也有些迷失者会回来

哈代回来

纪德回来

劳伦斯回来

鲁迅浑浑噩噩中

写下不分行的诗

他没有伟大的屠格涅夫头脑清楚

但不妨碍把汉语提升到惊人水平

不写诗的人在小说里写

显克勒、塞利纳

菲茨杰拉德、斯坦贝克

季奥诺、塞林格

斯泰伦、罗思

村上春树

他们写的是古典的诗

在时代里破碎

成为浪花

讲方法论的诗人

顾不上这些

他们站在潮头

抽自以为的"最后一支烟"

等月食吞没

（2016 年）

旅程

随时可以终止
随时绵延不绝
去往大殿深处之路
还有道两侧的圣像
随步履展开
它们随光影变幻、消逝
或自散开的薄雾中浮现
继往开来

圣像如棋子

随意更换

每一颗自有其惊心动魄

晨昏挣扎

无望过后的道路

日渐坚实、清晰

有时夹杂淡淡的水汽

汗或者泪水

一场无休止的秋冬微雨

一首诗在纸间

静静呐喊

（2016 年）

随笔·诗话

论
现
代
诗

上篇：现代诗与新诗

我在文章、谈话及发言里经常谈及一个话题："要写现代诗，不要写新诗。""全中国写诗的人里，90％以上在写新诗；2％用半通不通的文言写古体诗；剩下的有5％左右，才是写现代诗的，而且大多还欠缺理念上的梳理与培养，是在写浑浑噩噩的现代诗。"……

现代诗与新诗，究竟有怎样的区别？下面就从最主要的几点来阐明一下。

1. 时间和文学史的角度

现代诗与新诗，这两个概念在诞生和所跨越的时代上有一个简单的时间划分。比如，在内地诗歌史上，自"五四"以来，朦胧诗诞生以前，这一时段出现的诗歌统属于新诗。 在朦胧诗出现以后，则属新诗与现代诗混居的时段（这个情形也适用于朦胧诗本身）。

当下我们所指认的新诗，是指那些承袭了"五四"以来白话诗传统和美学趣味的作品。 需要特别指出的是，在大陆，这种"传统"和"趣味"也包括了我们近六十年来所熟悉的共和国主流诗歌传统（我把它们称为"作协体诗歌"或"发表体诗歌"），以及那些在某特定历史时段与主流诗歌有着题材、思想等内容上的对抗，但在语言形式上有着近似构成方式的作品。 当代诗歌史上的优秀诗人中有这方面倾向的，如黄翔、如食指，一部分的昌耀和海子，还有朦胧诗中"今天派"以外的绝大多数外省诗人。

新诗与现代诗在台湾地区的"混居"状况，则要提前一些年：台湾现代诗肇始于纪弦（即新诗现代派里的路易士）发起的现代派诗歌运动。 从那以后，现代诗的美学在当地诗人中日渐盛行，开始构成声势和规模，甚而成为启发许多青年作者开始写作的重要理念。 不过后来出现了一个意外——随着当年余光中、洛夫等台湾现代诗巨匠的创作，后来不约而同表现出的一定程度的接轨古典诗歌美学的复古倾向，台湾的现代诗也不再是当年纪弦呼吁的那种现代诗了，它更多地容纳了与古汉语美学传统有着千丝万缕联系的"语文性的雕琢"，因而呈现出了更靠近新诗美学的某种温和的暧昧性。 但就总体而言，从 20 世纪 50 年代到 80 年代，汉语现代诗的高峰，无疑是由台湾地区的作者们创造的。

[释疑]

有人也许会提出疑问——新诗时段内，曾有像戴望舒、卞之琳、何其芳、路易士等作者为代表的 "现代派"，拥有李金发、穆木天等作者为代表的 "象征派"，乃至稍后的 "九叶派"，这些在欧洲现代主义诗潮影响下出现在汉语里的流派，难道也属于新诗而非现代诗？

我的答案是肯定的。

理由有二。

第一，它们所处的时间段，文本所呈现出的整个现代汉语少年期的文法、语法特征，以及词语在达意功能上的不完备性，都与同时期其他新诗流派呈现出近似的征候。

第二，无论是新诗 "现代派"，还是新诗 "象征派" "九叶派"，在激活其创作的源头中，欧洲现代主义诗潮固然是其理念的重要来源，但限于本土诗人所身处的 "农业化—前工业化" 这一社会、历史背景，以及他们所接受的半传统半西洋式教育，他们的诗歌最后均无可争辩地陷入 "浪漫" 和 "唯美" 两大审美系统之中，现代性只显现为作品时隐时现的修辞技巧。 明白了这一点，我们也就会明白，为什么后来像穆旦这样受早期奥登诗风影响的诗人，最后却成了世界浪漫主义诗歌在中国最重要的翻译者。

2. 不同的美学属性

新诗最早强调的是它与古典诗歌相比的"新"，也就是用白话文写作这一层，以及挣脱传统观念（文学观、美学观、生活观乃至道德观等）的束缚。但不同时期、背景、身份与成就各异的当事人（主要还是诗人），对它很难有一个统一的甚至明确的界定。

新诗自诞生起，其面目就是暧昧不清的，这点可以通过回顾新诗史有发言能力的重量级作者得到验证。

胡适的新诗是说大白话，是要实施晚清前辈呼唤的那种"我手写我口"，与此同时，却还要在神散形也散之际，去押笨拙的韵，胡适自称为"白话韵文"（见《尝试集》增订第四版代序——《五年八月四日答任叔永书》），但终止步于挥霍口语的任性，于诗的意境全无顾及。

郭沫若的新诗（这里主要指代表其诗歌最高成就的《女神》），语言恣意妄为，其核虽不离古人所谓"言志""言情"的大指向，但其情、其志已与旧时代相去甚远，倒是与他叹服的惠特曼、泰戈尔各有一些相通的地方。可以说，郭沫若是新诗草创阶段的"小李白"，他不只是整个现代文学中在语言松绑上表现得最前卫、最先锋也最有成效的天才，还对新诗初步地做了一点松散的却是本体意义上的界定。 比如，他说，"诗的本职专在抒情"（《文艺论集·论诗三札》）；"好的诗是短的诗"（《郭沫若诗作谈·关于讽刺诗剧诗及其它》）；"过长的叙事诗……完全是'时代错误'……早就让位给小说去了"（《关于诗的问题》）；"直觉是诗细胞的核，情绪是原生质，想象是染色体，至于诗的形式只是细胞膜"（《文艺论集·论诗三札》）；"节奏是诗的生命"，"诗与歌的区别，也就在这情调和声调上的畸轻畸重上发生出来的。 情调偏重的，便成为诗，声调偏重的，便成为歌"（《文艺论集·论节奏》）……这些论述虽是以散论面貌出现的，却对人们理解新诗的本质帮助不小。遗憾的是，对处于群体意义上"盲人骑瞎马"状态的现当代诗人，它们并未能被作为规律性的阐释普遍接受。

废名的新诗注重意境和想象组接的别开生面，强调新诗应该是自由体，但在进一步阐发时出了问题。 他说，"白话新诗是用散文的文字自由写诗"，这样的话就是今天许多写臭诗的作者也不会同意的。

同为"新月"，同为西方"浪漫派""唯美派""象征派"杂糅的移植，徐志摩的新诗华美时有宋词的韵致，但主流局限于市井世家子弟的浮华；朱湘的新诗纯粹、高贵，但过于刻板地忠实于西方诗歌的形式，早夭使他终于没能越出"食洋不化"的阶段；闻一多的新诗高喊戴着"新格律"的镣铐跳舞，但镣铐似乎过沉，舞蹈成了蠕动……没有通透且直指人心的文本做支撑，理论再怎么辩白也不让人看好。

李金发的新诗，想象力虽让一些虔诚的读者和学者叹为诡异，我以为这是他的汉语使用能力太逊，引发歧义或失语过多所致。让这样的作品在诗歌史上占据一个位置本就是一个荒谬，李对诗说过些什么已不重要。

戴望舒是现代文学中最成型的接近现代主义诗歌的诗人，但他对诗歌强调更多的是"诗歌不是什么"或"不能怎样"（《望舒诗论》）。这种含蓄而含混的界定很难具备理论上的意义。

新诗史上另一位里程碑式的诗人艾青，其诗歌以语言的散文化和浅显的略带意味的想象构成鲜明的特点。但散文化是不是可以构成被普遍认同的"诗歌美学特征"，这无论是艾青在世的时候还是当今都是有疑问的。而且散文化一旦失控，也确实会对诗歌的跳跃性和节奏构成消解，导致诗歌呈垷"非诗化"……

所以说，新诗在其近百年的发展历程中，除了随白话文在文字中的日益圆熟而表现得语言上比原来畅通自如外，在体裁的本体上一直没有一个明确的被公认的界定。

现代诗第一次真正被中国诗人以较为自觉、准确、明晰、系统的语言来界定，始于 20 世纪 50 年代的纪弦。他所拟定的"现代派"诗歌六原则中，除第六条属于意识形态外，前五条可以说为汉语现代诗在当时勾勒出了一个大致原则。前五条内容如下。

第一条：我们是有所扬弃地包容并发扬了自波特莱尔以来新兴诗派之精神与要素的现代派之一群。

第二条：我们认为新诗是横的移植，而非纵的继承。

第三条：诗的新大陆之探险，诗的处女地之开拓。新的内容之表现，新的形式之创造，新的工具之发现，新的手法之发明。

第四条：知性之强调。

第五条：追求诗的纯粹性。

这五条原则里，前两条强调了汉语现代诗的美学来源，第一条甚至还可以说是世界范畴内"现代主义诗歌"的美学来源；第三条说到了现代诗在文体建设上所应具备的自觉性；第四条凸显了现代诗与以往的诗歌相比更注重"智性"的特征；第五条则涉及"纯诗"理念，以及现代诗的非工具性、非功利性。

站在今天的高度上回望，这些原则个别地方可能会显得空洞与笼统，但是在当时，在新诗的暧昧美学已蔚为汉语诗歌新传统的 20 世纪 50 年代，其毫不妥协的先锋指向是极为扎眼的。 这大约也是诗歌第一次在汉语新诗的版图里，向人见人爱的暧昧美学吹响逼宫夺位的号角。 在此后 50 年里，台湾与大陆交相起伏的历代汉语先锋诗歌运动无不在以自己的声音回应着上述原则。 我们可以说，这些原则构成了汉语诗歌现代化的一个起点，且令人欣慰的是——它们并没有像纪弦晚年所希望的那样，成为汉语诗歌现代化进程的终点（此话题我会在"下篇：现代诗与 21 世纪"展开讨论）。

　　和新诗暧昧、中庸的美学指向相反，到我写作此文的 2007 年，从台湾到大陆，每一次汉语现代诗运动所强调的美学个性，无不有着鲜明的美学排他性，以及试图与既往诗歌标准彻底分裂的勇气和努力（先不论这种勇气和努力所持续的时间长短、绩效如何）。 血性的、个人主义的、乖戾的、急不可待的……所有这些在新诗乃至古典诗歌美学领地里，有可能被视为贬义的词语，在现代诗的一波波狂澜里，正日益显出它们褒义的、与欲望和生命力暗合的一面。当然，这是就历次现代诗运动所呈现的外部景观而论。

　　说到创作深层的分野，新诗跟现代诗的作品及诗人最大的倾向性区别还是表现在这几点上。

第一，有没有一个智性的审视世界的眼光。

第二，有没有明确而自觉的语言建设指向。

第三，有没有将"抒情""抗辩""玄想""解构""反讽""幽默"等个性指标置于诗歌合理性下的综合能力。

第四，有没有将简洁（或透过繁复的外在呈现出直指人心的穿透性力度）作为追求诗歌境界的最主要目的。

第五，有没有将在所有既往诗歌传统中被奉为最高指标的"人文""哲思""情怀"诸元素，严格控制在诗歌本身所要求的简约、含蓄、凝练之中，而不让其产生喧宾夺主式的泛滥。

上述五项，凡在三到四项中具备"有"的，即为"现代诗"，反之则是"新诗"。而依照不同诗歌所符合的指标程度，又可细分为："新诗""现代诗"，"带有新诗成色的现代诗"和"靠近现代诗倾向的新诗"。需要指出的是，我们辨别一首诗或一种诗风是现代诗还是新诗，只是出于探讨当代诗歌的美学向度，以及该种诗歌是否符合人类文明趋向上的需要，并无以此来强行界定"好""坏"的意图。事实上，一首好的现代诗与一首好的新诗，其所呈现的差异只是美学指向及作者世界观的不同；一首差的现代诗和一首差的新诗，其所显现的共同点即便再少，作者天赋上的不足（或运用它时的不合理），恐怕都是会位列其中的。

从更漫长的汉语诗歌发展的历史来看，新诗—现代诗，它们既可以被看作两种平等的诗歌类型，正如古典诗歌中"古体诗"（如骚体、乐府）与"今体诗"（如律诗、绝句）；也可被视作诗歌迈向更高难度的一种发展和新陈代谢。而后一种关系，由于牵涉到诗歌诞生所必然要依托的我国独特的历史、文明裂变进程，是以往人类诗歌历次重大更迭都不曾出现过的。这才是对新诗、现代诗的认识的"难中之难"！它首先折射的是人们的文明观、世界观，然后才是从属于它们之下的文学观。

就世界诗歌的发展轨迹而言，诗歌从 19 世纪末已经日益把关注的眼光投向时代聚变下人们的处境、情感，以及对人类文明流向的关切。姗姗来迟的汉语现代诗不过是遵循这一大趋势而已。所以从这个向度上讲，新诗与现代诗虽不涉及"好/坏"的判定，却更多地涉及了"是/否"的判定。

新诗固然是汉语诗歌发展史上所诞生的一种划时代的诗歌美学类型、传统（同时也自我构成了一个非常重要的诗歌时段），但它早已无法承载一个剧变时代所强加给汉语诗歌的不可避免的使命，更不能被视为这个时代的诗歌，它只是文学蒙昧者还在不断仿制的一种诗歌化石。

从研究的角度讲，新诗与现代诗是两种平等的诗歌形态。

从创造者能否应对时代的挑战、回应文学对创新贪得无厌的要求上看，唯现代诗才真正为诗人们承此天命，提供着广阔的空间。

下篇:现代诗与 21 世纪

21 世纪的第一个十年很快就要走到它的尽头，在这个时段背景下讨论现代诗，我希望大家时刻提醒自己：我们所正思考的现代诗不是现代主义诗歌，也不是后现代诗歌，而是"后现代之后"的现代诗！

不过，这不等于说人们以往对现代诗认识上的一些硬伤就自动失效或痊愈了。恰恰相反，它们的存在注定会干扰到我们对本质话题的讨论。比如，我已经注意到了，每谈现代诗话题，必有人自觉或不自觉地将它混淆、转义、偷换概念为他们更感兴趣也更有能力触摸的现代性。但所谓现代性，不过是进行具体文本技术分析时的指标项目，且大多在涉及新诗话题时才会被动用到，其实是个枝节话题；而现代诗，则是本体话题。

是什么造成了如此可笑的
关于"现代性"与"现代诗"的混淆、转义与概念偷换？

　　我以为，这跟广大的读者、作者在过去的 100 年里，长时间蠕动在新诗的语境之下有着密不可分的关系。

　　中国的历史与文学有其悠久的农业文明背景，大多数现当代文学作者有乡村或中小城镇的成长背景，可以说，每一代诗歌读者（当然也包括诗歌作者）在诗歌的接受话题上，都面临着如何"从古诗趣味步入新诗趣味""从新诗趣味步入现代诗趣味"这两道重要的筛选关口。新诗之于古诗，现代诗之于新诗，这两对诗歌审美关系都不同程度地涉及同一个"准入门槛"，也就是我在本文上篇"现代诗与新诗"中提到过的，人们在读诗时所不自觉流露出的对人类文明流变认识上的差异。

　　枝节性的技术话题，在我们今天对诗歌的创作、读解中不是不重要，但更重要的首先是世界观、文学观这样貌似恢宏、实则关系到每一个写作者精神、生理状态的话题。这也是全世界 20 世纪以来的文学作品不同于它之前所有时代的地方。有质量的文学作者从此必须被迫以文明之子的身份进入对生活与疼痛的审视，必须告别滥情与宣泄，必须进入冥想与怀疑。在经历了这样一个文学的划时代之后，倘没有一个相近的世界观、文学观做前提，不同人对同一作品的阅读、研讨与批评就很难构成一种顺畅、和气的沟通与交流。这大约才是当代诗歌充满矛盾、交锋、仇恨、相互诋毁的症结所在。

唯其如此，在中国现有的文化背景下，当代诗歌的"去新诗化"及对"现代诗"的强调也就变得意义更为重大与重要。我以为，这个过程至少需要持续30～50年，才有可能形成一个相对健康、理性的诗歌氛围。

现代诗强迫它的作者具有"身份自觉"意识，这是它与以往诗歌最大的不同。这种"强迫"把"写诗"这种行为从灵感迸发的"才艺表演"，放还到了"日常工作"的事务性层面。这便是我及其他一些先锋诗人过去所说的"现代诗给诗歌带来了职业性"。把诗歌创作等同于才艺表演、性情宣泄，是典型的农业文明对诗歌的理解，也是中国的诗歌教育与诗歌读者在20世纪没有彻底完成的功课。虽然在过往的20年里，我们已经拥有了自己的现代主义和后现代主义诗歌。

所以，摆在21世纪汉语先锋诗人面前的挑战有两类：一类是相对显性的，也即我刚才提到的，在创作中进行自觉、持久的"去新诗化"，以及对现代诗的丰富和完善；另一类则相对隐性，那就是要自觉站在文明的前沿，思考处于"后现代之后"这个特殊文化时段的汉语现代诗，它要从创作本身，为以往的中外现代诗弥补哪些缺陷，做哪些突破？ 这其中，第一个话题便是——

现代诗如何避免堕落为一种技术？

我们知道，由于强调诗的智性、写作者对文体建设的自觉意识，以及写作状态的职业性，现代诗让诗人把对诗歌的发现从历时几千年的对偶然性和性情的依赖中解救了出来，重新还给了日常，这是它非常了不起的一面。

不过，以往的西方现代主义诗歌、后现代诗歌，甚至包括我们汉语的规模要小得多的本土现代诗，也呈现给了我们它的另一面。

伴随着不同语种里那些充塞规则的天才性诗人的谢世或退场，现代诗也像它之前的那些诗歌历史时段一样，出现了大量平庸的模仿者（在天才缺席的岁月，这些模仿者中有些人甚至会以"天才的影子"这一身份成功"摄政"）。 而由于现代诗理念中对理性和职业性的一贯强调，在没有天才统摄的时段，现代诗很容易便会被发展为一种类似经院式的、仇视原创的"读者写作"。"读者写作"，其本质是赝品和"以职业性面目出现的业余性"。从这个角度解读，那个十几年前开始受到一部分写作者青睐的泛学院写作（它的恶俗版构成了所谓"知识分子写作"，滥俗版再经过与部分新诗作者的妥协、媾和，则构成了"第三条道路""公约派")的出现，并不是偶然的，而是有着其平庸的国际化背景的。

再比如，现代诗因其专注，在世人眼里，有时难免会呈现出其美学中靠近西方中世纪经院气息，或严厉的略显精神洁癖的一面。但带有经院气息，并不等同于经院。经院的本质是笃信、排斥异己，现代诗的本质却是智性基础上的怀疑、反省。两条铺着同样大理石地砖的道路，一条通往蒙昧与狭隘，另一条通往智慧与探索，这是需要辨明的。

现代诗有其与生俱来的洁癖和乖戾。

洁癖挑剔的对象指向两个：农业文明思维，社会对人类个体的侵害。现代诗的作者可以是一个站在当下文明前沿凝望众生的人道主义者，但绝对不能是民粹主义者。

现代诗乖戾的矛头，则指向自身的风尚与复制。任何诞生自现代诗启蒙之下的复制型写作和仿制作品都将被现代诗从自己的名册上自动删去。因为现代诗本身是一种非团体写作，也是一种无 fans 写作。无依无靠，面对茫茫世相与人海，发出自己微弱但坚定的不合作的声音——这才是一个诗人的本分。

与此同时，洁癖不能成为规条和戒律的借口，乖戾也不能成为一种病态的、为装点个性而肆意哗众取宠的理由。否则，这样的作者同样会沦入反现代诗的庸庸碌碌的大军。

作为有史以来最注重技术含量的诗歌，现代诗对技术的注重是建立在对作者独立人格做充分展示的基础之上的。注重技术的终极目的是为了成就天然，而不是成为所谓手艺人或钟表匠人。从这个角度讲，我要说弗罗斯特那个关于写诗是干农活的谦逊的比喻，在汉语里也不宜被过分重视。手艺人是志在把日子混好的油子，钟表匠是狭隘的行家，农夫则是质朴的重体力劳动者，而写诗（艺术家）则可能是自"上帝"这个偶像死亡之后，神所能向人间表示其关怀意志的唯一通道了（虽然这一通道本身能否通畅，在很大程度上仍取决于人对自身文明走向的洞悉）。四种工作或生活方式共同之处甚少。

现代诗的最高级不是技术，而是天然。而天然也正是人类所有时代的诗歌的最纯级与最高级。我和朋友们经常说，李白、李煜和仓央嘉措本质上都是现代诗人。李白之浑然天成自不必说；仓央嘉措诗歌的价值，我已有专文论述；单看李煜那些植根于悲痛肉身欢娱丧失的词作，亡国之痛对于他这样一个废帝而言，首先是丧家之痛，而不是像历朝遗老遗少眼中的气节、大义、兴亡追思。这是身体性的疼痛，是财产的丧失、权力的丧失、性欲被剥夺、哀乐被人驱策……这些词的人文性诉求，是经过了个体生命的反刍与呕吐才获得巨大的感染力与穿透力的。 是个体和生命使李煜这样的诗、李白和仓央嘉措的诗，在今天的汉语里依然呈现出在场状态，而许多在写"死人诗"的活人，倒比他们更散发出腐尸、干尸的气息。 所以说在这一点上，现代诗的努力是与中国古典诗歌中少数挣脱了技术与惯性束缚的最高峰殊途同归的。

一个现代诗的作者，其最合理的艺术轨迹应是"混沌—技术—天然（高级混沌）"这样螺旋式上升的曲线。这其实也是以往时代一些最辉煌的诗人所曾走过的。 在唐代，这是杜甫追随李白并终于自成一格所走过的道路；在近代，这是晚年里尔克穿越哀歌和十四行时代，勉力向法语诗寻求自由的道路；也是黑塞扬弃浪漫主义和唯美，直面两次世界大战间欧洲惨淡的人世，在血泊和硝烟中依然为人类不懈地探寻和谐之路的历程。 对技术的精研和对作者职业性的强调，永远是为了最终告别技术，把职业性的严谨吸纳、铸就成诗人的"第二本能"，而不是成为技术僵硬的奴仆，更不是为平庸的后者打造遮风挡雨的窝棚。

从写作行为的角度看现代诗"三性"：技术与文本境界的矛盾性、对诗艺技巧化趋势的自我否定性、现代诗作者气质中的非愉悦性

我在本文上篇中提出了区分当下汉语诗歌文本是否属于现代诗的五点倾向，现在再来谈一谈作为一种写作活动

的"现代诗写作"在三个重要方面呈现的独特性。

第一，技术与文本境界的矛盾性。

前面已经提过，现代诗是人类诗歌有史以来最为注重技术性的诗歌，这种技术性既包括符合上述五点倾向的共性特征，也包括作者不断做技艺探索的个性化驱动。但人们务须明白：技术性只是现代诗的"入学考试"而已，真正的"毕业考试"是如何在精研并掌握了诗艺之后，告别与超越技术思维。这就构成了一对奇怪的悖论性关系：以强调技术性出发的现代诗，本质上是一种反技术的、把人从程式化思维中解脱出来的写作。把一个作者从懵然无知训练成技艺精湛，再让他从技巧的精熟中抽身一跃，焕发出天才的火花——这一蕴含了"否定之否定"的矛盾性，是决定现代诗文本境界高低的关键所在。从这个角度，我们也可以说现代诗是一种可以教会普通作者以天才方式（或者说发掘出自身天才的那一面）进行写作的诗歌美学。

需要注意的是，这种矛盾性在不同的诗歌写作阶段，只能依据由低到高的路线而行，无法逆推。也就是说，一首超越了技巧束缚的作品，本身仍然具备了进行技术性分析的可能，而那些尚不具备技术性分析可能的低水准文本无法被人视作天才性的创作。一个明显的例子就是伊沙的《唐》，以及随之而来的网上那些跟风式的长诗。

第二，对诗艺技巧化趋势的自我否定性。

一个诗歌作者，当其因为富有成效的探索与创新，作品渐渐具有业内公认的一种风格并成为风景时，他便面临了一个"超越已有风格，还是继续复制以往"的考验。这一考验放在以往的人类诗歌中，只是检验一个作者是否具备了成为跨时代重量级作者的前提，如唐诗中的杜甫、英语诗歌里的叶芝，与大多数普通作者无关；可到了现代诗，却成了考察一个成熟作者是否在新的时段具备先锋意义的必要条件。毕竟，作为我们所谈论的拥有着无限时间兼容度的"后现代之后"的现代诗，其概念本身就是开放的，这也就要求它的优秀作者们在诗艺的探索上，对自身的弱点及时代对诗人个人提出的要求（在思维类型、天赋不同的人身上，这种要求是不同的）具有高度的自省。可以写什么，不可以写什么，有些风格已经很好、很完满了，为什么还在求变？已有的技术难度是不是在未经察觉之下，构成了一个诗人写作时的思维定式？这些都是每个普通的现代诗作者时刻需要警醒自己的。否则，先锋作者很容易沦落为保守的、狭隘的作者；诗人独特的诗风、理念也很容易被个人发展成自我复制的工具，或模仿者无意间形成的"群体复制"的律条。

不仅如此，诗人对诗艺技巧化趋势所做的自我否定尝试，还应符合作品和诗风正常演进的规律，不得掺杂任何情绪焦躁的冒进。一首诗、一种风格的成长，恰如植物，需要其特殊的气候、土壤和养分。耕耘或栽种，自需加倍努力，但花开、果熟，却自有其机缘。现代诗要求诗人在创作上更具主动热情，唯独在这一点上，需要大家持一点我过去常说的"事在人为"以后"成事在天"的淡然。一个现代诗人如想在诗中日益强大、无所不为，那么他必须明白：诗在实现作者的世俗性、社会性欲求方面，其本质是"无为"与"虚无"。

第三，现代诗作者气质中的非愉悦性。

诗人从来就不是一个讨人喜欢的身份，但它是一个令人好奇的身份，因为诗人反常、疯狂。不过，随着现代诗对传统诗歌里"才艺""性情"等因素的不断告别，诗人日益变得"职业化"以后，一个让一些有着很深传统文人情结的人更加不适的情况出现了：现代诗人不再是过去人们印象中的"神经病""疯子"，他们有些甚至具有出众的社会生存能力，但在大多数情况下，无一例外地带有某种与周边环境格格不入的气质。这种气质有时是以"旁观者"的面目出现的，更多的时候则带有"不合作者"或"令人不快"的气息。

理性、怀疑使得许多现代诗写作者在与集体无意识的告别道路上越走越远；职业化的专注、对技术性的强调则使他们与大众对诗歌内涵的理解产生了前所未有的裂变。诗歌在这个时代更加边缘化；写诗的人在这个日夜加紧勾兑地球村成色的社会，日益像个嘴角挂着暧昧笑容的游击队员。他们一本正经，过着日常的世俗生活，却心不在焉，哪怕是对着同行，心里也无时无刻不悄悄动着某种颠覆的念头……

　　把现代诗人"气质中的非愉悦性"的显现完全归因于现代诗写作给作者带来的异化性影响，学理上虽勉强说得通，但我以为，更多的还是部分诗人的一种自暴自弃的看法。现代社会的任何工作都在给从业者的思维带来异化，写诗者所承受的异化压力其实并不算是最强的。问题是：写诗是最能诱发人敏感的一项工作，即便现代诗是人类诗歌有史以来最强调智性的，但究其本质，感性的因素始终还在第一位。所以，诗人头脑中感性的一面，是随时随地都有可能跑出来显示它的影响力的。而且由于诗歌长期处于人们视野的边缘，也不排除有的作者下意识地夸大自己与旁人的不同之处，久而久之，展示个性中不愉快的一面渐渐也就成了一部分诗人向常态社会撒娇的游戏。而诗人们面临的问题则是：伴随着自身或所处圈子对这种撒娇方式的"习惯成自然","非愉悦性"会悄悄地把我们迁往性情的肆虐，走向现代诗的反面。这便构成了现代诗最隐晦的，来自诗人生存方式本身的一对矛盾关系。对此，研究诗的人不可不关注。写诗的人不可不时刻警醒。

"后现代之后"的汉语现代诗是一门空间余地无限巨大的艺术。如果我们从它的任何一个局部对主体进行细致而微的审视，那么可以发现需要警惕和涤清的误区还是很多的。比如，前面一再提到的"新诗化"；各色诗歌运动对写作独立性所造成的吞噬、伤害与遮蔽；那些艺术中对"主义"的迷信、依恋；对某些技术与方法论的迷信——这其中也包括因对天才作者膜拜和心仪所产生的那些一厢情愿、概念化的模仿，以及惯于使用减法式思维来对待创作规律的冒进……它们毫无疑问都属于今天的现代诗所竭力唾弃的东西。

时代、社会、个人际遇，乃至诗歌深层的技术、心理所面临的情势如此纷繁复杂，这就需要大家以前所未有的开放心态来面对我们正在生长的本土现代诗。晚年的纪弦就在这类问题上犯过重大错误，他曾以一个沾沾自喜的"国语现代派"元老的口吻，调侃本土后现代诗歌的出现和文本价值，声言现代派诗歌已经囊括了所有尖锐和先锋的指向，走向了老人式的封闭与狭隘，这值得所有的先锋诗作者引为借鉴。 这种情形在大陆一些诗歌作者身上也不同程度地存在着。

强调现代诗的开放性，不是说就没有底线存在了。实际上任何一种诗歌，都有其美学底线。 开放的汉语现代诗也有它的底线，那就是任何类型文本试验的走向都不得走向反人类和反人性。

虽貌似简单，却绝无任何妥协式的回旋。

不管怎么说，我们已经是踏在 21 世纪的诗歌之船上了。

孤海茫茫，舟欲何往？

我无意拿个人的诗学理想来魅惑他人，但我想澄清一点：最伟大的汉语现代诗，是与一种审慎的、对灵魂自由和文本天然属性的追逐紧密联系在一起的。 它立足于恢复健康的人性，敢于直面生活的污浊，并极力从中为每个与诗结缘的人提取对人生的信心、自救的信心，以及对文明前景的微茫的希望。

人当然是不可战胜的，因为至少有汉语，有现代诗。

（2007 年）

论现代诗与口语

人类的文明演进得越久，我们使用的词语便越充满歧义。于是，那些过于严肃的人不得不在开口说话之前，先廓清他们要谈及的基本概念，以免被同类参差不一的理解力将话题引向幼稚或不知所云。

关于我所谈的现代诗，早先曾在《论现代诗》的上篇"现代诗与新诗"里做过论述，这里只重申它最关键的五个倾向性指标。

第一，有没有一个智性的审视世界的眼光。

第二，有没有明确而自觉的语言建设指向。

第三，有没有将"抒情""抗辩""玄想""解构""反讽""幽默"等个性指标置于诗歌合理性下的综合能力。

第四，有没有将简洁（或透过繁复的外在呈现出直指人心的穿透性力度）作为追求诗歌境界的最主要目的。

第五，有没有将在所有既往诗歌传统中被奉为最高指标的"人文""哲思""情怀"诸元素，严格控制在诗歌本身所要求的简约、含蓄、凝练之中，而不让其产生喧宾夺主式的泛滥。

这五个指标不是我个人的发明和臆造，它是自"五四"新诗诞生以来，历代先锋诗探索者、现代主义和后现代主义汉语诗美学的建设者们共同希冀和追求的一个方向。现代诗在"五四"以来的新诗里，是一个独立而冷峭的自足性传统。它隐性地来源于青年时期的郭沫若、周作人、徐玉诺、废名，乃至稍后的戴望舒、艾青；显性地呈现于当代网络与民刊上一部分激进并自我严苛的诗人。我所谈及的现代诗指向的正是汉语诗歌的这一脉络，它横跨现当代文学，但又不简单依附、受制于任何一部文学断代史。

关于我所谈的口语，准确的表述则应该是"口语平台上的现代诗"。它不能简单地理解为"我手写我口"——因为从小说到散文，从政治标语到商业广告，直到今天遍布网络的微博，完成"心口合一"式（至少表面上是这样）书写的文字，已然比比皆是。它们与"诗写中的口语"最大的不同，就是过于强调语言和书写行为的工具性与社交性，而这两个倾向恰恰是"口语平台上的现代诗"一直竭力规避，且时刻自查、自省的。

现代诗里的口语与日常的口语最大的不同，就在于它在书写的同时能够进行自我提纯。那种把方言、时尚用词、网络用语随意搁置在诗行中的做法，充其量只能看作某些水平不高、天赋有限者的一次冒险或试验。在很大程度上，它们更靠近人们所说的"口水诗"，本质上与"诗的口语"无关，两者犹如《水浒传》中"李鬼"和"李逵"之间的关系。

诗歌中的口语不是生活口语的原样，它们永远要经过作者天赋和其诗歌美学的剪辑与润色。多数时候纯天然的口语在诗歌中呈现的是散漫，只有挤掉它身上的水分，现代诗对天然与自由的追求才能得到充分亮丽的显现。

从 20 世纪 90 年代中叶开始，对口语诗的诟病基本上来自两个群体：第一，持泛学院诗观的写作者；第二，传统新诗美学的信徒，以及对古典诗歌美学一知半解的古诗爱好者。从严格意义上讲，这些人质疑的现场依据在"口语平台上的现代诗"面前基本是无效的。因为他们提到的大多数现象其实也正是现代诗作者一直以来反对的，这些现象在一些时候对现代诗起到了恶搞、矮化乃至妖魔化的作用。 至于他们意欲借助攻击口语诗来强调和确立的那些个人理念，则因为发言者缺乏对时代和汉语写作大环境的准确认知，而仅仅成了某种带有明显个人情绪化的、消费意义大于建设意义的语言狂欢。 真正对口语诗有价值的批评，绝大多数来自"口语平台上的现代诗"作者阵营内部。 这中间包括对叙述依赖的警惕、对世俗趣味拉低诗境的警惕、对口语受惑于公共性题材的警惕，以及对口语技术形成新的"语言桎梏模式"的警惕。

近十几年来，口语在现代诗的语言阵营里占据主流，不仅因为汉语阅读和发表的网络化，而且由于口语确实比泛学院的"技术"、传统新诗的"情感八股"更容易激发写作者对"自由"和"个性言说"的追求。 口语在直抵阅读者内心的同时，有时会让读者和新作者误以为简单，进而技痒尝试，可尝试之后，却发现用口语写诗的火候拿捏要比使用学院修辞或者传统新诗修辞难多了。 这既是许多现代诗修习者的体悟，同时也证明了口语在现代诗写作行为中复调的一面。

口语在现代诗中的垄断地位还会持续多久？ 这是暂时无法预测的。 一来现代诗的另外两个美学向度——

"泛学院"与"意象"（前者更倾向于现代诗中的新诗），在表现"人的生存状态""人与环境的关系"这些题材上，都存在着表达上的明显短板；二来就是上面提到的，口语更容易激发写作者对"自由"和"个性言说"的追求。而对"自由"和"个性"的诉求，恰恰又是过往近一个世纪汉语文学同时亏欠于作者和读者的。考虑到商业对当今人文的强大改装，以及诗歌在当代社会的彻底非功利性，对这种历史性亏欠的偿还似乎也只有"口语平台上的现代诗"能独力承担下去。不过，我还是由衷地希望，现代诗其他美学向度的作者能及早完善自身美学的表达功能，一起加入解答时代命题的残酷考评中。

没有面临过竞争和仇恨的艺术是容易速朽的。这是我的经验，也是我对现代诗的信念之一。

（2011 年）

在暗物中间
——第三届「美丽岛・中国桂冠诗歌奖」桂冠诗学奖获奖答词

　　感谢"中国桂冠诗歌奖"组委会授予我这个奖。感谢五年来先后两度授予我不同奖项的祁国先生，感谢评委会唐欣主席，感谢曾两度执笔为我撰写过授奖词的秦巴子先生，感谢在过往十几年来一直给予我创作及理论研究以关注和鼓励的张智先生，以及所有评委——无论是否投过我的票，诸位百忙之中能拨冗投身诗坛公益，已经使我和其他候选者深深受惠。来自一流同行的褒扬和鼓励总是令我惊喜和感动，同时也更加意识到对现代诗建设所负有的使命。

　　佛教中有一种说法：当世界进入佛陀入灭后的漫长时

日，"邪师说法，如恒河沙"，真理逐渐被邪恶者、低智者及庸众的喧哗消解，世人陷入观念的混乱，直到最后人类心智泯灭，智慧的纪元结束，精神陷入黑暗……如想阻止这一可怕的变故发生，人们必须尽早全力修持，成为新的觉悟者，重新照亮世间，以将黑暗逼得无限延后。 我对佛教所知有限，但这种说法长时间地吸引着我去思索，尤其是"邪师说法，如恒河沙"，这很像是在描述人类进入商业、技术和物欲加速度的当代世界，仿佛是对我们眼前生存处境的一个概括。 它也很像是在描述告别古典美学，从农业文明和过往一百年急功近利的庸俗社会学的巨大阴影中挣扎出来，一路匍匐前行的汉语现代诗。

我曾经反复在文章和各种现代诗的聚会、峰会、作品研讨会上阐述过一个观点：鉴于中国庞大的人口基数，且这一基数的主体深深植根于乡村环境，每一代知识分子中的大多数来自乡村，他们带着童年的山水或荒原记忆，走进钢筋水泥浇铸、不时飘散着雾霾的大城市，他们对于现代诗的理解无疑与我们从世界经典中读到的现代诗有着千差万别的样貌。 许多人甚至依然和当年的冯至、卞之琳、穆旦等新诗前辈一样，在近现代舶来思潮的旗帜下，继续着变体的浪漫主义历险。 与此同时，我们的所谓"出身于都市的作者"所拥有的学养传统、思维模式、创作中对信息资源的判定与选取，以及依自己的环境、师承在青少年时期形成的趣味或心结，深深地烙着农业文明的印迹。 两千多年传统中积淀的糟粕，不是简单的一两次风卷残云的文化运动就能涤清的。 更何况还有伴随其中的统治阶层的愚民国策，以及对文化的扭曲与强行改写，还有今天网络时代无所不在、对灵魂有着自暴自弃式告别的反智和自我娱乐，都将使我们智慧的成长面临前所未有的复杂局面。

我们将死于雾霾；

我们将死于核泄漏所导致的辐射；

我们将死于转基因；

我们将死于医院输液后给身体带来的免疫力破坏；

我们将死于饮用水不洁；

我们将死于信仰——对它廉价地拒斥或接受；

我们将死于急迫——像所有走投无路时代的人那样；

我们将死于死——对情感和精神力量的彻底放弃；

…………

暗物横亘在我们面前，有的从以往岁月走来，有的独属于我们的时代，而汉语现代诗正是在对所有这些不祥之物的正视下壮大起来的。 它从不无视伤害与危害，但绝不会被它们牵着鼻子走，绝不因疾恶如仇而放弃对智慧的研磨和对"美"的全新形式的探索。 对上述这些挑战的申明和反击，正是当今现代诗的作品与理论所致力表现的。 在一个文明惶然不知所措的年代，历尽艰辛，以建设者的坦然扛起岁月下落的闸门，呈现新的精神之光，这是我在文本里一直践行且呼吁的。 请容许我把诸位的奖掖，看作对这一虚妄的、不自量力的努力所发出的掌声。它们将勉励我继续以往的孤独之旅，并时时告诫自己：你永远不会独行。

正如圣经上那句俗语——"上帝说要有光，于是就有了光。"对！人也可以。

哪怕他置身于最深、最邪恶的暗物中间。

（2014 年）

在魔鬼的阳光下
——「谷熟来禽
诗歌奖」的受奖感言

感谢"谷熟来禽诗歌奖"的组委会，将如此重量级的一个奖项颁发给我。来自民间的褒奖总是令我感怀，且一再提醒我：使命感在今天对于现代诗的作者而言，是一件多么重要的事。

《礼记》上有句话："君子庄敬日强。"这被考证为后来"庄敬自强"这个成语的来历。表面上看，这样的话是来督促人持重和谨慎的，似与人类诗歌追求自由的母题并无关联。但人类因何追求自由？是因为保守、专制、经验主义、老人思维（对于中华民族而言，后者的影响力更令人发指）的桎梏。落实到我们今天这个纵欲的、末日欢娱的、无知者以无畏来撒娇并以技术（触屏技术、全球网络监控技术都只是其中的一种）胁迫知识和人性的时代，人类追求自由的任务里恐怕又加上了新的内容——对追求自由过程中形成的新的体制性思维的反抗，对集体性追逐狂欢行为背后所潜藏的肤浅的、市侩式惰性的挞伐。

长期生活于高压之下的那部分人，对严肃历来是充满畏惧、厌恶和警惕的。身为被压迫的个体，他们中相当多的人宁愿避开追问，去信赖一种死前的狂欢、释放，与其选择和混沌经常相伴的"凝重"，莫如选择浅薄的"轻松"——因为后者是不受压迫者禁止的。这也是 20 世纪90 年代以来，中国文化所诞生的最具喜感的悲剧。普通人不再为尊严活着（或者说不再为金钱之外的尊严活着），文学与文化工作者不再关心和思考尊严，绝大多数人只执着于追求尊严以外的个性。这个文明最扯淡的一句话就是"我得生活啊"，这种思维延续到了今天，像上帝用尿液勾兑成的一场暴雨，淋湿了每一个人的头顶，溅污着汉语的每一块砖石。

这些年来，那些骨子里追求成为"社会—商业—学院"三合一体制机器中的元件并喜欢舞文弄墨的人，已经故作深刻且迫不及待地将文学、文艺、思想的这一时代状况概括为"耻辱""失败""羞耻"一类的词句，希望以抹杀天才们的挣扎和提前宣告反抗的无望来砌起一个个或大或小上演"先知秀"的舞台。 跳大神的人必须让所有人意识到自己鬼上身了，才能获取行骗的前提。

一个习惯了在形形色色"指路明灯"照耀下，由漫漫长夜走向更深黑夜的老旧文明的子民，其内心深处也早就做好了向大大小小神婆、神汉叩拜的准备。 当叩拜开始，当"沉默的大多数"代言人浮现，对自救的放弃也就终于宣告完成。 从这个意义上讲，"神汉""先知""代言人"犹如一个影子政府，它们接管了现实政府所无法掌控的精神角落，成为人们自选的鸦片，并进而消解掉人们思考与追问的动力，令他们在对"严肃模仿秀"游戏的痴迷中告别严肃，成为生命和灵魂尊严的消费者，而忘了自己作为二者建设者的本职。

在这样的时代前提下，我想说：不以奖金和热卖为目的而写作的文学（首先是诗歌）已经几乎是承载和记载我们独立思考与追问的唯一领域了。 尽管青年导师、先知扮演者和业内大师们无不想以一己馊臭的胡言乱语，堵死人们追求心智健全、独立的道路，以作为他们挤入更腐朽世俗的"投名状"，但这恰恰表明了：为恢复尊严而进行的写作行为之伟大——令人窒息的伪现代化之下每个人生命与生活的尊严、汉语的尊严、全人类共通的文明价值观的尊严……这样的文学与诗篇，才有可能是这个时代汉语唯一可能给后世留下的宝藏。 一个面向传统和现代双重镣铐开战的灵魂、无数的灵魂，他们全部的挣扎，以及在挣扎中并没有变异、疯狂的艰难的文本轨迹，正是我在过往近30年的写作中所努力追寻的。

当前人的雄姿英发悄然被岁月的流沙吞没、风化，沦为斑驳的铜像时，朋友们，你我在这里，我们一起努力。

再次感谢大家！

（2016年）

1967 年　8 月 30 日，出生于天津。

1985 年　考入北京师范大学中文系。

结识伊沙、侯马、桑克、郭名倞等人，开始系统阅读朦胧诗和西方现代派诗歌，对诗歌写作开始产生兴趣。

1987 年　开始个人意义上的批量诗歌写作。 是年秋，因全系调整宿舍，与侯马、八四级诗人朱枫、宋晓贤分配到同一宿舍。

1988 年　参加各类诗歌活动。

印制首部个人诗集《28 首诗及序跋》。

在《北京青年报》上首次发表诗作《当代人》，并获

"首都高校创作优秀奖"。

1989 年　与伊沙、桑克在哈尔滨做短暂旅行，结识诗人中岛，并一同参与创办"全国高校文学联合会"。

1990 年　在 1987 级师弟李骏的赞助下，油印第二本个人诗集《下着雨》。

由桑克介绍，合刊油印四人诗合集《Poem：斜线》（与桑克、戈麦、西渡合著）。

开始在纽约严力的《一行》上发表作品。

1991 年　回津任教于某学校。

因《一行》结识天津诗人萧沉，两人发起，并与伊沙、桑克等人创办诗刊《葵》。

1992 年　编选《葵》第 2 辑。

应诗人海童（黄祖民）之邀，撰写回忆大学生涯的长篇随笔《青春》。

诗作被选入《超越世纪——当代先锋派诗人四十家》（山西高校联合出版社出版）。

1994 年　在中国华侨出版社出版诗集《哀歌·金别针》，与侯马合著。

1996 年　1 月 17 日，完成《猪泪》。

12 月底，应伊沙邀请，出席《文友》杂志在济南举办的长篇小说策划会。

1997 年　应《文友》总策划伊沙邀请，开始为《文友》撰写"文化酷评"稿件。

1998 年　《葵》"1988 年卷"（第 3 辑，自该期起，独力承担编印工作）印行。

长篇小说《苹果姑娘》在太白文艺出版社出版。

应诗人、出版人张小波之约，主笔写作《十作家批判书》中有关北岛、苏童、汪曾祺、王朔的专章。

与侯马、中岛一起，陪同伊沙等《文友》编辑部成员，到北京第三福利院为诗人食指颁发首届"文友文学奖"。

作品入选杨克主编的《中国新诗年鉴 1998》（1999 年由花城出版社出版）。

1999 年　撰写批评文章《乌烟瘴气诗坛子》（载《文友》），抨击诗坛十年积弊。

4 月，出席"盘峰诗会"，与到会的"知道分子"展开针锋相对的争论。会后发表诗论《这就是我的立场》（载《华人文化世界》）、《一个人的论争》（载《科学时报》）等文，深入剖析"知识分子写作"给当代诗歌带来的危害。

个人诗集《我斜视》在青海人民出版社出版。与沈浩波、朵渔进行"后口语诗歌"三人谈（载《今日先锋》）。

作品入选何小竹主编的《1999 中国诗年选》（陕西师范大学出版社出版）。

《葵》总第 4 辑印行。

11 月，参加《中国新诗年鉴》与《诗探索》举办的"龙脉诗会"。

《十作家批判书》在陕西师范大学出版社出版。

2000 年　诗作《雁雀》获《诗参考》"10 年经典作品奖"。

赴京参加《十作家批判书》研讨会。

应张小波之邀，撰写《十诗人批判书》中有关艾青、余光中、崔健的专章。

出席《锋刃》组织的"衡山诗会"。

随笔集《时尚杀手：三剑客挑战时尚》（与伊沙、秦巴子合著）在花城出版社出版。

2001 年　年初，《葵》总第 5 辑印行。

《十诗人批判书》由时代文艺出版社出版。

赴广州参与《信息时报》改版，任文体部主任。

应"守望者论坛"（后改名为"个文化论坛"）版主之邀，担任首席驻站诗人。

应谯达摩之邀，与侯马等编著出版《语文大视野》初三卷（山西人民出版社、书海出版社出版）。

随笔集《明星脸谱：一部给明星"点穴"的酷评》（与伊沙、洪烛合著）由中国文联出版社出版。

本人编选、评点的文选《时尚批判：我们乱七八糟的生活》由远方出版社出版。

2002 年　长篇诗论《叼着烟与经典握手》获 2002 年"天问诗歌奖"特等奖。

为央视一套策划、撰写春节贺岁电视剧本《出奇制胜》（徐峥主演）。

诗作由旅澳诗人欧阳昱译成英文发表。

两度作客天津电视台《七彩文澜》节目，录制"诗人状态"与"村上春树"小辑。

10 月，《葵》总第 6 辑印行。

应诗人罗晖之邀，担任《2002 中国诗歌选》（青海人民出版社出版）编委。

为《今日先锋》编选"新世代诗歌"小辑。

开启《花火集》《生生长流》与《杂事诗》的写作。

2003 年　应诗人安琪、侯马急邀，在"非典"肆虐之际，为《中间代诗全集》完成长篇理论文章《论"中间代"》，并由此引发老朋友萧沉在网上的恶意骂贴，绝交。

5—7 月，断续写作短篇小说《"非典"上空的猫》。

应《中国诗人》之约，为伊沙长诗撰写重要评论《唐：打通诗歌巨制的 13 个关键词》。 有关"非典"的随笔与诗作被韩国文学刊物《诗评》译成韩语发表。

10 月，《2003 中国诗歌选》组约关于"新世代"诗歌单元的稿件。 年底，谭克修主编的《明天》出版，《杂事诗》中的一部分被收入伊沙主持的"民间写作"单元。

2004 年　受邀参加"中国昆明—北欧奈舍国际诗歌周"。 诗作《猪泪》《雾》《世界》被澳大利亚学者西敏译成英语。

多首诗入选《现代诗经》（伊沙编选）、《二十世纪中国诗歌经典》等。

个人随笔集《爱钱的请举手》由人民文学出版社出版。

诗集《杂事与花火》被选入"《诗参考》15 年金库"出版。

2005 年　3 月，与食指、严力、伊沙、于坚、沈浩波、李亚伟等，应莫小邪之邀，出席北京印刷学院"诗歌回归校园"朗诵会。

与南开大学文学院联合策划、举办了"人间四月天"现代诗歌朗诵会，并邀请伊沙、于坚、孙家勋等外地诗人参加。 在《特区文学》刊中刊"读诗·批评家联席阅读"开设"徐江目光"专栏。

获国际诗歌翻译中心、《世界诗人》评选的"中国当代十大杰出青年诗人"称号。

2006 年　继续为多家媒体进行专栏供稿。影视和文化评论多次被网易、新浪、搜狐、TOM 等门户网站转载。

夏季赴宁夏西海固参加首届"六盘山诗会"。

策划、举办《葵》"冬日之光"诗歌朗诵会。

被《世界诗人》杂志评为"2006 年度国际最佳诗人"。

2007 年　在多家媒体开设理论、文化、影视、读书等周专栏或月专栏，影视文化评论先后被网易、新浪、搜狐、TOM 等门户网站转载。应李霞、伊沙之邀，出任"2007 年汉诗榜"推荐人。

《葵》总第 8 辑印行。主持"《葵》之怒放天津朗诵会"。全国各地 30 多位实力派诗人自费参加，也创下当时中国自助诗会之最。在会上被西安同人以"突然袭击"的方式提议，由在场全体同人通过，授予首届《葵》诗歌奖，以表彰本人的创作，以及 16 年来对《葵》、对民间先锋诗歌发展所做的贡献，并由伊沙代颁水晶奖杯留念。

历时数年完成的文化史论专著《启蒙年代的秋千》由

宁夏人民出版社出版。

代表作《猪泪》被收入国际诗歌翻译中心出版的《20世纪中国新诗选 1917—2000》（中英文对照），美国环球文化出版社出版。

2008 年　为北京、天津、南京、河北、云南、广州、江苏、黑龙江多家媒体撰写专栏。奥运会期间，应邀在全国 5 家媒体开设奥运随笔专栏。

出任"2008 年汉诗榜"年度总值班推荐人，主持了全年汉诗榜的评选工作。

为《赶路》诗刊和"2008 年汉诗榜"分别编选了抗震先锋诗歌特辑，在诗坛全民赋诗抗震的浪潮中，为汉语诗歌留下了具有艺术性的网络选本。

赴京主持"北面诗歌朗诵暨侯马《他手记》发布会"。

2009 年　《杂事诗》由江苏人民出版社出版。

《葵》总第 9 辑印行。

2010 年　应凤凰联动总裁张小波之邀，成立图书工作室。此后相继策划推出的图书中，文学类的有两部梭罗作品新译（张仙平、刘昕蓉译），泰戈尔诗歌新译《生如夏花，死如秋叶》（伊沙译），儒勒·列那尔《胡萝卜须》（徐知免译），原创散文《夏布埃尔的薰衣草》《66号公路》（昂放著）等。

2011 年 获"中国当代诗歌批评奖（2000—2010年）"。

《葵》总第 10 辑印行。 评出第三届"《葵》现代诗成就大奖"，得主为北京诗人、《诗参考》主编中岛。

2012 年 获第二届"长安诗歌节·现代诗成就大奖"。

获第二届《新世纪诗典》"李白诗歌奖"铜诗奖。

2013 年 《葵》总第 11 辑印行。 在天津主持"《葵》之怒放诗歌节朗诵会暨第三届《葵》现代诗大奖颁奖礼"（获奖者为伊沙），以及"伊沙、侯马诗歌研讨会"。

策划跨世纪选本《1991 年以来的中国诗歌》编选事宜。

2014 年 获第四届《新世纪诗典》"李白诗歌奖"银诗奖。

获第三届"美丽岛·中国桂冠诗歌奖"桂冠诗学奖。

应《诗潮》主编刘川之邀，编选现代诗亲子阅读选本《给孩子们的诗》。

2015 年 诗歌理论文集《这就是诗》由长江文艺出版社出版。

世界现代诗讲评集《现代诗物语》由青海人民出版社

出版。

由徐江编选的《1991年以来的中国诗歌》由天津社会科学院出版社出版。

获第五届《新世纪诗典》"李白诗歌奖"评论奖。

《葵》总第12辑印行。8月赴泰安参加并主持山东同人铁心等承办的"《葵》之怒放诗歌节泰山诗会暨第四届《葵》现代诗大奖颁奖礼"（获奖者为侯马、沈浩波、刘川），以及获奖者诗歌研讨会。

2016年 由谯达摩、伊沙主编的诗合集《后现代之光——近四十年中国新诗流派运动代表人物诗选》在九州出版社出版（收入北岛、严力、韩东、周伦佑、西川、伊沙、徐江、谯达摩诗作）。

中韩双语个人诗集《雾》（洪君植翻译）在韩国首尔出版。

赴首尔参加中韩诗歌系列交流活动，获首届"亚洲诗人奖"。

获第二届"谷熟来禽特别荣誉·天禽（领袖）诗歌奖"。

应"截句诗丛"主编蒋一谈之邀，编定精短诗集《雨前寂静》，列入该诗丛第二批。

图书在版编目（CIP）数据

徐江的诗/徐江著. —北京：北京师范大学出版社，2019.10
（北师大诗群书系）
ISBN 978-7-303-25136-0

Ⅰ.①徐…　Ⅱ.①徐…　Ⅲ.①诗集-中国-当代　Ⅳ.①I227

中国版本图书馆 CIP 数据核字（2019）第 195304 号

营　销　中　心　电　话　010-57654738　57654736
北师大出版社高等教育与学术著作分社　http://xueda.bnup.com

XU JIANG DE SHI

出版发行：北京师范大学出版社　www.bnup.com
　　　　　北京市西城区新街口外大街 12-3 号
　　　　　邮政编码：100088
印　　刷：北京盛通印刷股份有限公司
经　　销：全国新华书店
开　　本：890mm×1240mm　1/32
印　　张：11.25
字　　数：307 千字
版　　次：2019 年 10 月第 1 版
印　　次：2019 年 10 月第 1 次印刷
定　　价：56.00 元

策划编辑：禹明超　　　　　责任编辑：周　鹏
美术编辑：王齐云　　　　　装帧设计：王齐云
责任校对：段立超　陈　民　责任印制：马　洁